亦

舒

作

品

亦舒
作品
17

亦舒 著

我爱，我不爱

CTS 湖南文艺出版社
HUNAN LITERATURE AND ART PUBLISHING HOUSE

博集天卷
CS-BOOKY

目录

人生从不完美，你我也充满缺点，
要求不宜太苛。

世事往往如此，越是刻意经营，
越是失望。

三 _121

男朋友分两种，
跳舞一种，诉苦一种。

四 _185

真正的爱情叫人欢愉，如果你觉得痛苦，
一定出了错，须即时结束，从头再来。

一

人生从不完美，你我也充满缺点，要求不宜太苛。

杨本才一走进更衣室，看护人员便迎上来："杨小姐，你来了。"

本才问："孩子们今日如何？"

"加乐今日发脾气。"

本才套上淡蓝色袍子，洗净双手，一边说："加乐最近情绪老是不安。"

"你去看看她。"

"是。"

本才推门出去。

护理室装修成幼儿园模样，墙壁颜色鲜艳，到处都是柔软玩具，老师正在教小朋友读字母。一见本才，老师汤巧珍高兴地说："杨小姐，加乐在黑板后边。"

她们都觉得只有杨小姐才可以安抚加乐。

本才绕到角落，看到小小的加乐蹲在那里，身躯缩成一个球那样，在嗫拇指，脸上还挂着晶莹的眼泪。

"加乐，"本才唤她，"加乐。"

加乐看到了她，轻轻爬过来，本才把她拥在怀内。

"对不起，我迟了一点，有人开快车，造成交通意外，喏，嘭一声，两车撞在一起，所以赶不及来。"她温柔而肯定的声音安抚了加乐。

本才轻轻拍打她的背脊。不一会儿，加乐沉沉睡去。

汤老师探头进来微笑问："静下来了？"

本才点点头。

"也许她对你声音的频率有特别感应。"

"今天发生什么事？"

"今日本是加乐七岁生日。"

"是，我也记得。"

"她母亲一早带着礼物就来了，大蛋糕、洋娃娃，与小同学们一起庆祝，加乐也十分高兴，可是忽然王太太一定要她叫妈妈，加乐不肯，一手丢开蛋糕，大哭大闹。"

本才默然。

"王太太也值得同情，试想想，女儿七岁，从未叫过一声妈妈。"

本才不便发表意见。

"王太太借词回家换衣服，起身便走。"

本才终于说："母女都不容易做。"

"加乐是全班小朋友中唯一毫无进展的一个。"

"多付点耐心吧。"

老师叹口气："也只得这样。"

本才轻轻放下加乐，她已经抱不起这个孩子。

初来儿童医院做义工，认识王加乐的时候，她只有三岁，一点点大，可以轻易抱在怀中。

那时加乐刚被断为智障儿，陌生人可是一点看不出来，大眼睛、长鬈发，与常儿无异。可是相处久了，才发觉她精神目光，全不集中，长时间坐在一角独处，发起脾气来，除了打人，也打自己，十分可怜。

本才却与她一见如故，两人渐渐形成默契，她天天下班都会来看这个孩子，风雨不改，而到了时间，加乐会在门口张望她。

四年晃眼过去。本才从来没有见过加乐的父母，想象中他们大概不常来。

看护进来，抱起加乐，摇摇头："又是浑身湿臭。"她须替孩子更衣。

汤老师叹口气："看，还有人说，希望孩子永远不要长大。"

"正常的七岁孩子会做什么？"

"应读小二，会讲读写，懂得打扮，富想象力，游泳、溜冰、打球都已上手，如果勤练弹琴，可以奏出巴哈[1]的《小步舞曲》。"

本才苦笑。

汤老师也感喟："我七岁的时候，还会照顾弟弟妹妹，帮他们做功课。"

七岁生日。

杨本才想到她九岁那年已经在家长怂恿之下开第一次画展。

她被誉为天才儿童，直至十七岁时已彻底厌倦，情愿隐居避世。

今日只为一家出版社设计封面，有空的时候，到儿童医院做义工。

---

[1] 巴哈：约翰·塞巴斯蒂安·巴赫，巴洛克时期的德国作曲家，杰出的管风琴、小提琴、大键琴演奏家。——编者注（本书脚注均为编者注。）

　　在这里，她结识一班好友，汤老师是其中之一。

　　"你不用等加乐醒来了，她闹了整天，这一睡也许会三两个小时。"

　　本才颔首："我到别处走走。"

　　护士长看到她，啊哈一声："杨小姐，正想找你。"

　　"什么事？"

　　"医院新翼有一幅四十乘八的空白墙壁——"

　　"啊，我明白了。"

　　"杨小姐，全靠你啦。"

　　"打算怎么样？"

　　"请你率众住院病童用颜色填满它呀，不过，我们车马费有限。"

　　"不用，不用，我乐意相助。"

　　"杨小姐真是好心人，请过来看新墙。"

　　本才跟着去研究。

　　"我会先做好设计草图给你拿到董事局开会。"

　　"杨小姐真是明白人。"

　　"给我一个月时间。"

　　"杨小姐，两个星期如何？我急于立功。"

本才见她讲得那么坦白，便笑道："我尽力而为。"

填满那么一大幅墙壁还真不简单。

本才指指手表："我告辞了。"

她想再去看加乐，折返护理院，推开房门，只见小床边坐着一个男人，背对着门口，看不清楚容貌。

而加乐依然憩睡不醒。

这，可能是加乐的亲人吧。

她刚想轻轻退出，那男子却已转过头来。

本才只得点点头。

他却非常礼貌地站起来自我介绍："我是加乐的父亲，我叫王振波。"

本才只得说："我是义工杨本才。"

"啊，原来是杨小姐，我一直想向你亲自道谢。"

"不用客气，我同时照看好几个孩子。"

"请坐。"

"我还有点事，失陪了。"

他连忙替她推开门。

本才心中恻然，那样文质彬彬的一个人，相貌清癯英俊，言语诚恳有礼，可是却终生背着一个痛苦的包袱。

她踏上吉普车。

车上电话响了起来。

一定是马柏亮，一听，果然是他，本才露出笑容。

"杨小姐，我在府上已经等了一小时。"

"对不起，交通挤塞。"

"我半生就这样报销掉，杨小姐，等你等得头发白，谁叫我爱上天才艺术家。"

"请做一大杯热可可等我回来。"

"天气真糟糕可是？"

"天昏地暗，阴雨不停，令人沮丧。"

一边聊一边开车，十分钟后，已经到家门。

马柏亮在门口等她。

"你看上去倦极了，这义工不做也罢。"

本才揉揉双目："的确伤神。"

"与病人在一起时间久了情绪自然会低落。"

本才不出声。

"今日又发生什么事，是哪个癌症孩子药石无灵？"

"听听你这张乌鸦嘴。"

马柏亮赔笑道："你来说说究竟有什么事？"

"是那个孩子。"

"哪一个孩子？"马柏亮莫名其妙。

本才微愠："你从不关心我的言行。"

"再给我一次机会。"嬉皮笑脸往往奏效。

"那个叫王加乐的孩子。"

"对，想起来了，你说过，是名弱智儿。"

"很多时候我凝视加乐晶莹的双眼，真想钻进她内心世界。"

"本才，离开工作岗位之后，就该休息了。"

"是，我知道，可是有时我迫切想伸手进小加乐的脑部，把堵住的神经给清除掉，使她恢复正常。"

马柏亮看着她："做艺术的人想法时时匪夷所思。"

"我知道加乐的灵魂渴望走出来。"

"越说越玄，我没听懂。"

本才气馁道："马柏亮，你净会吃喝玩乐。"

他一怔："咦，这也是本事呀，对，到什么地方去吃饭？"

本才叹口气："胃口欠佳，你找猪朋狗友去寻欢作乐吧。"

马柏亮无所谓，他立刻打电话四处约人。

本才从容地看着他忙。

这个人永远像大孩子，家中的老三，上面两个哥哥连同爸妈及祖父母一起惯坏了他,生活一直无忧无虑。

开头本才就是欣赏他这一点,无论碰到什么解决不了的问题,他一下子就振作起来:"喂,到什么地方去吃饭?"他的世界里没有荆棘。

生活似一个大大的筵席,从一头吃到另一头,吃完了就踏上归途。

这一刻他一边咬苹果一边怂恿朋友出来陪他热闹。

在一起两年,本才渐渐觉得他无聊。

一次她问他:"天天这样无目的地寻找娱乐,算不算一种惩罚?"

马柏亮居然也生气了:"你开始嫌我。"

本才只得道歉。

本才窝进白色大沙发里。

她的家本来有三室两厅,此刻完全打通,光亮的一半做画室,另外一半是起居室及寝室。

她不喜欢间隔,不设衣帽间,衣服全挂在架子上,似时装店的陈设。

马柏亮来惯了也十分开心,满屋游走,有时在室内踩脚踏车。

这时只听得他大叫一声："找齐人了。"

本才连忙说："玩得高兴点。"

他取过外套吻别女友。

本才做了一杯甘菊茶喝，在画桌上勾画壁画构图。

忽而又丢下笔。说真的她同马柏亮何其相似，不然也不会走在一起，都是享家长勤奋的福。大树好遮阴，所以他俩才可以把时间和精力用来寻欢作乐。

午夜梦回，庆幸之余，也不是不略觉羞愧的，故此决定到医院去帮助有需要的人。

睡梦中，本才忽然惊醒，汗流浃背，极度不安，却完全不知因由。

电光石火间她想到小加乐。

推开窗，天已经蒙蒙亮，她二话不说，立刻驾车驶往儿童医院。

一早汤老师已经在护理室。

本才一进去即刻问："加乐呢？"

汤老师答："每个周末她都回家，你是知道的。"

"请把她家地址告诉我。"

"杨小姐，你先坐下，慢慢说。"

"我觉得加乐出了事。"

"杨小姐，我们不方便透露病人住址。"

"那么，请代我拨电话过去问加乐情况。"

"杨小姐，才早上六点钟，不大方便吧。"

"我真有不安感应，请你帮个忙。"

"唉，杨小姐。"汤老师按住她，"你太关心加乐。"

想了想，温婉的汤老师终于拨电话到王宅。

电话很快接通，可见加乐家人已经起床，汤老师说了几句，脸色忽然沉重，给本才一个眼色，意思是"果然不幸被你料中"。

"王先生，我们可以派人来看加乐。"

本才焦急起来。一方面坐立不安，一方面她的理智轻轻在斥责自己：杨本才，你是怎么了，你不过是名义工。

这时汤老师挂上电话："加乐整夜哭泣不停，你去看看也好。"

她把地址写给本才。

本才马上风驰电掣赶去。

王家住在宁静路。

她的吉普车一停下，三号小洋房的大门已经打开。

王振波走出来招呼："杨小姐，是你。"

他衣履整齐，神情憔悴，可见根本没有睡过。

"加乐呢？"

"请随我来。"

进屋便听见加乐凄厉的哭声。

本才吓一跳，那孩子从未试过那样号叫，她随着哭声奔上楼去，一边喊"加乐，加乐"。

一个小小人形蹒跚地扶着墙壁走出来。

本才扑上去抱住："加乐，什么事，告诉我什么事？"

加乐把头埋在本才怀中，哀哀痛哭。

本才有常识，知道不妥，用手探加乐额头，使她平躺地上。

本才鼻尖滴下汗来。一碰到加乐胸口，她顿时尖叫。

本才轻轻按动，忽然抬起头对王振波说："快叫救护车，加乐肋骨折断。"

王振波脸色煞白，立刻去拨电话。

本才把脸贴近加乐："不怕，加乐，不怕。"

加乐呜咽，小小手臂扣住本才颈项。

王振波气急败坏地回来："救护车五分钟就到。"

本才大惑不解，问："发生什么事？"

王振波垂下头。

"加乐自高处堕下？"

王君不语。

"为什么没好好看住她？"

仍然没有回答。这里头有蹊跷，本才轻轻除下加乐衣裳，看到胸前一片淤紫，分明由重钝之物殴打所致。

本才大怒："谁打过加乐？"

王振波连忙答："是我，我——"

本才凝视他，摇头："不，不是你。"

这时救护车已经来到，用人开门，护理人员抢上楼来。

加乐握住本才的手不放。

注射针药后那幼儿平静下来，面孔略为浮肿，双目半闭，张着小嘴昏睡，看上去仍然似一只洋娃娃。

本才落下泪来。她与王振波跟随救护车进医院。

急救室医生证实本才所说不讹。

他把本才拉到一边："杨小姐，这件事里可能有虐儿成分，我们打算通知警方调查。"

本才尽量维持镇静："医生，许多意外造成的淤伤看上去都似人为。"

"你与他们家熟稔？"

"我与王加乐是好朋友。"

医生十分细心："王加乐的母亲呢？"

本才人急生智："出差在外国办公。"

医生沉吟："我想跟汤老师谈谈。"

"请便。"

本才松一口气，回到病房去看加乐。

只见王振波捧着头独自坐在一角。

本才喃喃自语："怎么带的孩子。"

王振波一震，但是没有抬起头来。

本才叹口气，握住加乐的小手："既然孩子已经来到这个世界，就应该鼓起勇气，接受事实。"

仍然没有回应。

"殴打智障儿致内伤，令人发指。"

王振波喉咙发出混浊的声音。

"社会福利署可能会带走加乐代养，我是为着加乐才替你们隐瞒，孩子总是有父母的好，你们宜速速悔改。"

本才的声音越来越严厉，自己都吓一跳。

这时，汤老师匆匆进来。

"意外是怎么发生的？加乐在我们这里四年，从来没受过伤。"

本才站起来："是意外。"

医生随即唤王振波出去谈话。

这时汤老师悄悄说："王先生面如死灰，懊恼得似要吐血。"

"这件事里人人都可怜。"

"王太太呢？"

"问得好。"

汤老师说："加乐休息几天便会复原，其他的小朋友会想念她。"

"这边有我，你回去吧。"

"你打算一直在此地陪加乐？"

"嗯，我把画桌搬到病房不就行了。"

汤老师点点头。

小加乐呜咽一声，但又沉沉睡去。

这时，本才忽然听见汤老师轻轻地说："无论发生什么事，总是怪女人，我亦经历过一段不愉快的婚姻，做过七年猪八戒，从丈夫的衬衫皱没熨好，到孩子的功课欠佳，全部是女人的错。"

本才还是第一次听到这样的话，不禁骇笑。

"所以我怀疑这位王太太也有苦衷。"

本才说:"不过——"

汤老师接上去:"不过无论什么苦衷都不成立,她仍然是个坏母亲,可是这样?"

本才无言。

"孩子们在等我,我先走一步。"

走过门口,她又回过头来:"洋人说过,不要批评任何人,直至你穿上那人的鞋子,走上一里路。"

本才笑了:"这样,批评家可都吃什么呢?"

汤老师笑笑离去。

太阳没有出来,阴雨绵绵。

加乐醒来,揪住本才不放。本才一下一下抚摸小孩头发,片刻王振波进病房来,加乐看见父亲,神情忽然呆滞,目光充满疑窦。

本才轻轻问她:"你在想什么,告诉我?"

加乐不出声,躲在本才身后。

王振波轻轻说:"明早我要出门。"

本才十分无奈,功利社会中,名利实在太过重要。孩子在医院里已经获得专人最好的照顾,他在与不在,亦不能改变事实。

可是，跟着王振波又说："我到新加坡去结束工程生意，决定亲自照顾加乐。"

本才反而吃惊，她看牢王振波。

他说："你讲得对，我不应再逃避现实。"

本才忽然很庸俗地吐出一句："生活不会成问题吧？"

他笑了："不必担心，我略有点积蓄。"

本才尴尬起来。

"我一两天就可回来，这几日拜托你了。"

"我乐意负起责任。"

第三天，加乐已可回到课室学习。

本才得院方同意，把工作桌搬到游戏室，在一角展开壁画设计。

她同护士长说："有几个题材在此。"

护士长端详："这是天地人吧？"

"是，借用半边天花板，画出九大行星，孩子们可自由发挥，这边是五大洲，七个海洋，各以一人一兽一种植物做代表。"

"很可爱。"

"这一边是人类进化过程。"

护士长抢着说："哎，我们是基督教徒，信仰上帝创造人类。"

本才只得笑："对不起，对不起。"

"请说下去。"

"这一角描述家庭及朋友。"

护士长拿着草图爱不释手："杨小姐，感谢你。"

本才笑："这是我的荣幸。"

"对，王加乐怎么样？"

"身体在康复中。"

"须好好护理这孩子。"

"正是。"

谈话间有人在门口要求进护理室。

"探访时间已过，明日请早。"

那人扬声："我找杨本才。"

本才只得走去看个究竟，发觉来人是男友马柏亮。

本才觉得他有点陌生，这男人衣着过分鲜艳，声音过高，动作太大。

"来，"本才说，"我们到外边去说话。"把他带到一角。

"找我什么事？"

马柏亮大奇："光是想见你不行吗？"

"我正忙。"

"无事忙。"

本才脸色略变，这些年来她并无正职，最不高兴听见人家说她是富贵闲人。

"你干脆住在儿童医院里了？"

本才不想与他计较："不，我晚上仍然回家休息。"

"电话可没人听。"

本才一时不知如何应付这个人。

马柏亮伸手出来："跟我回去吧。"

本才不理他。

他诉苦："寂寞得要命。"

本才笑了，这人需要一个全职保姆。

"让我们到有阳光的地方去度假。"

"待我做完这件工作可好？"

马柏亮颓然。

就在这个时候，有人出来叫她："杨小姐，请你过来一下，加乐要你。"

本才连对不起也来不及说便匆匆奔进去。

只见加乐躲在钢琴后面不愿出来，一个穿红色套装的女子正欲用力推开钢琴，一边低声喝道："我不相信你不认识我，给我出来！"

汤老师在一边跌足，其余的小朋友心停口呆。

本才知道这时不动手不行了，她用了牛力，一掌推开那红衣女子，大声问："你在干什么？钢琴压到孩子怎么办？"

红衣女霍地转过身子，又惊又怒："你是谁？"

本才也问："你是谁？"

对方答："我是加乐的母亲。"

本才吸进一口气："原来是你。"

"怎么样？"

本才说："你真是一个好母亲。"

那女子本来来势汹汹，听了这句话，立刻变色，似一只打败仗的猫，整个身形像是缩小了三号，不再张牙舞爪，坐倒在地上，呆呆地看着天花板。

这时本才方发觉她容貌秀丽，长得与小加乐十分相似。

来不及欣赏别人的五官了，本才钻到钢琴底下，躲在墙壁角落的是浑身发抖的加乐。可怜，竟害怕成这样。

本才伸出手："加乐，是我，相信我，出来，没有人会伤害你。"

加乐的大眼里充满原始恐惧，本才更加肯定打伤她的正是王太太。

这时，工作人员前来合力推开钢琴，本才轻轻把加乐拥在怀里。

加乐十分逃避，累极就睡。

王太太看到这种情形，更加失望沮丧，问汤老师："为什么，为什么她不愿接近我？"

汤老师说："王太太，你需要多点耐心。"

那王太太哭泣，双手掩脸："七年来我耗尽了精力时间，生不如死。"

本才恻然，低下了头："王太太，对加乐不可斗力，只好斗智。"

王太太忽然笑了，笑声凄厉，比哭还难听。

"同白痴斗智？"她睁大布满红丝的双眼。

她奔出护理室。

本才松一口气："以后，不准她进来。"

汤老师笑了："这间护理室叫什么名字？"

"丽间护理院。"

"杨小姐，她便是捐助人之女翁丽间。"

"什么？"

"款项由翁女士父亲翁志炎捐出。"

本才作不得声。

"护理院建成之际小加乐尚未出生。"

本才感慨万分。

一抬头，发觉马柏亮仍然站在一角。

本才过去说："送我回家休息一会儿。"

马柏亮说："遵命。"

本才喃喃道："真是悲剧。"

"你指父子不和？"

"柏亮，我不是说你。"

马柏亮忽然也有感慨："我与家父一直形同水火。"

每个人都有伤心事，连大快活马柏亮也不例外。

他们出去的时候碰见护士长。

她兴高采烈："杨小姐，我们收到一批免费压克力漆[1]油可做壁画颜料。"

---

[1] 压克力漆：俗称水性漆，适合笔涂，干燥速度慢，毒性小。

"那多好。"

"一共一百多罐，各种颜色都有，可节省不少，明日可运来，暂时放储物室里。"

两人又说了几句才分手。

到了家，本才淋浴更衣。

马柏亮躺在本才的床上，看着穿浴袍的她用大毛巾擦干头发。

欣赏半晌，他忍不住说："本才，让我们结婚吧。"

本才笑："真的，多么简单，合则结，不合则离。"

"我们才不会分手，我们一向各管各。"

本才把头发编成一条辫子，走到屏风后换上白衬衫蓝布裤。

"告诉我，本才，你可爱我？"

本才笑："我不能否认三年前的我对你的确十分迷恋。"

"今日呢？"

本才凝视他："实话可能接受？"

"说吧。"

"今日不妨姐弟相称。"

"本才，你明明比我小三岁。"

"柏亮，心智年龄我确实比你大。"

"你在说什么你。"

"来，"她自屏风后出来，"送我回医院。"

"哪儿有二十四小时工作的义工。"

"暂时性忙碌你也看不过眼。"

他又问："我们几时结婚？"

"柏亮，十年内你不宜论及嫁娶，况且，我有第六感，你的对象不是我。"

"胡说，我爱你。"

本才无奈地摊摊手："柏亮，你应当发觉我对吃喝玩乐已经厌倦，而你却仍然乐此不疲且变本加厉，光是这个分歧就令我们疏离。"

"我会为你改变。"

"千万别为任何人受罪。"

"杨本才不是任何人。"

从前本才听了这种话会甜滋滋，今日只觉得不切实际。

马柏亮苦笑，他自问自答："'你女友变了心？''是。''对方是谁？''儿童医院。'——这叫人把面子往何处搁。"

"请送我往新欢处。"

那天傍晚，本才与加乐对着读故事。

　　见她精神不大集中，本才便陪她聊天。本才时时借此倾诉心事。

　　"加乐，父母去世之后，我已没有亲人。

　　"遇到失意事，只好一个人躲起来哭泣，真不好受。

　　"人生大抵是寂寞的吧，越来越怕应酬场合，许多中年人会走过来虚伪地说：'杨小姐，我小时候就去过你的画展……'

　　"我想说名利如过眼烟云，又怕没人相信——什么，杨本才不是住在山上驾驶欧洲跑车吗？"

　　说到这里，小加乐像是听懂了，笑起来。

　　本才也很开心，亲吻她的小手。

　　本才轻轻说："加乐，试试叫妈妈，妈——妈，你母亲不知多渴望你叫她一声。"

　　加乐不语。本才与她坐在一张摇椅上看蓝天白云。

　　"那边那朵像海豚。

　　"看，多似一群绵羊。"

　　乌云渐渐合拢，天色骤变，她们回到室内。

　　本才忽然听得撒豆子似的一阵乱响，走近窗口一看，只见满地跳动着雪白弹珠大小的冰雹。

　　汤老师也过来看："落雹了，这可是不吉预兆。"

本才笑:"一百年前,落雹的话农作物尽毁,当然不吉。"

"今年天气特别坏。"

"还没到冬天呢,听说会天天下雨。"

汤老师摇头:"打起精神应付吧,孩子们可不能出外玩耍了。"

"不,穿上雨衣,照样远足旅行,由我来带队好了。"

"杨小姐你的精力真叫人佩服。"

本才也有累的时候,她伸一个懒腰,向汤老师告辞。

走到停车场,忽然之间一辆车子的前灯亮起。本才注目。

原来是翁丽间,本才忍不住问:"你还未回去?"

"杨小姐——"

"我叫本才。"

她牵牵嘴角:"我想说几问话。"

"请说。"

她一开口便道:"我调查过你。"

本才立刻知道她的烦恼从何而来,太权威了,太计较了,高高在上,难怪不能接受小加乐。

本才不想与她分辩,故意说:"身家还算清白吧。"

翁丽间答:"原来,令尊同家父曾有生意往来。"

轮到本才讶异:"是吗?这我倒不知道。"

"现在他们都已经不在世上了。"

本才黯然。

"我家的大宅还是令尊所设计的。"

本才颔首，原来如此。

"杨小姐，加乐很喜欢你。"

"我们很有缘分。"

"本来我想聘请你做她保姆，后来才知道你是鼎鼎大名的天才画家。"

"不敢当，见笑了。"

翁丽间低下头："你说得对，我十分失败，看到加乐，我有无限悲愤，不能控制情绪。"

"你是一个完美主义者吧？"

翁丽间抬起头来："你怎么知道？"

看她那无懈可击的装扮便明白一二。

本才摊摊手："人生从不完美，你我也充满缺点，要求不宜太苛。"

"我十分佩服你的豁达。"

本才微笑："这才是我的天赋。"

本才不想再谈，看看手表，说："我还有约会。"

翁女士却叫住她："杨小姐，我愿意跟你学习。"

本才转过头来："那么，每天抽时间出来，重新认识王加乐。"

她回到自己车上，一溜烟驶走。

马柏亮在她家的沙发上睡着了。

他耳上还戴着听筒，本才轻轻取过，放到耳畔去听，是首安眠曲。

一把女声如泣如诉地在唱："我糟蹋了这许多眼泪，浪掷了这些岁月……"

本才叹气，喃喃道："马柏亮你懂什么。"

伸手替他关掉收音机。

以前，她会挤到他身边，贴近他，享受他的气息与体温，今日，她想都没想过要这样做。她回到书房工作。

自由工作就是这点好，有兴趣时才开工，做到天亮才睡觉亦不妨。

有三张封面待她完成。

出版社编辑殷可勤打电话来："下星期要交货了。"

本才不服："什么叫货？话说得好听点，我的都是作品。"

殷编辑十分识趣："对，你的杰作几时完成？"

"快了。"

"先把《三只温暖的手》做出来。"

本才哧一声笑出来："这个书名也真特别。"

"你别管，就是流行这种书名。"

本才问："还有什么指教？"

"下星期我叫人来取货。"仍然是货。

挂了电话本才继续努力，许多读者觉得封面好看就买书。

正在用电脑着色，忽然之间，她心里生出极之不安的情绪来。

本才霍地站起来，取过外套车钥匙就往外跑。

马柏亮躺在沙发上睡得好不香甜。

本才摇摇头，关上门，开车到儿童医院去。

她仿佛听到呼召，有种非去不可的冲动。

车子驶近，先嗅到一阵焦臭味。

本才一时尚未醒悟是什么事，直至救火车呼啸而至，她才明白：失火！

本才心急如焚，劲踏油门，赶上去。

现场已有警车救护车展开救援，本才一看，一颗心几乎自喉头跳出来。

正是丽间护理院那一翼，一大团一大团黑烟冲天而上，其中隔杂着鲜红炽热的火舌头。四周有人围观，本才跳下车往灾场奔去，警员立刻过来拦截。

一眼看到汤老师，她不顾一切地叫："留宿的孩子们出来没有？"

汤老师满脸煤灰，像个大花脸，看上去十分滑稽可笑，可是谁还笑得出，她跑过来说："除了加乐，都出来了。"

本才的心沉下去。

"我慌忙间找不到加乐，她一定又躲起来了，现在救火人员在里头搜索。"

一个警员正向记者报告："电线走火引起火头，不知怎的附近竟储藏了一百多罐易燃物品，一发不可收拾。"

本才握紧拳头，进去，进去，只有她可以找到加乐，刹那间她不顾一切，脱下外套，往消防水龙头处浸下去，待湿透了，再穿身上，罩上风兜，往护理院冲进去。

警员大声吆喝："喂，站住！"

"危险，快回头。"

来不及了。

本才不顾一切冲进室内，伸手不见五指，空气燠热，她必须争取时间，幸好她对护理院间隔了如指掌。

她急急摸索进孩子们的寝室，大声呼喊："加乐，加乐。"
喉咙即时吸进浓烟，胸肺似要炸开来。

"加乐——"本才流下泪来。

忽然之间，有一双小小手臂抱住她大腿。

本才伸手一摸，正是加乐，立刻生出力，伸手抱起，往火场外冲出去，啊，命不该绝。门外有接应的消防员，大声叫嚷："这边，快，这边来。"

近在咫尺，跨出几步，就可逃出生天。

本才双腿已软，可是提起余勇，大步奔出。

消防员伸长手臂来接应，眼看无事，忽然天花板哗啦啦一声，直塌下来。

本才抬头，心中异常宁静，急急把加乐搂在怀中，电光石火间，泥灰砖头塌在她身上。本才眼前一黑，妈妈，她心中喊妈妈。

一点也没有痛苦，只记得双臂还紧紧保护孩子头部，抱在怀中，她随即失去知觉。

本才坠入一片黑暗中，与憩睡完全不同，人睡着了无论如何还有意识，可是这次她完全丧失了知觉，可怕？不，非常舒服平静，世上一切纷争都远远离去，与她不相干了。然后，不知隔了多久，她看到一丝亮光，耳畔有嗡嗡声音。

本才第一个感觉不是喜悦，而是烦恼，她不自觉地挥动手臂，想把光与声挥走。

她留恋那黑暗平静之乡，这一觉醒来，不知还要吃多少苦：恋爱、失恋、结婚、生子，为家庭与事业付出时间精力……

她长长叹息一声。耳边嗡嗡的声音更响了。

本才集中精神，约莫听到有人兴奋地说："醒了，醒了。"

她非常努力，才能睁开双目。

真没想到做这样简单的动作需费那么大的劲道。

虽然听觉不甚灵敏，但是视觉却非常清晰。她看到了汤老师。

可爱的汤老师俯视她一会儿，忽然喜极而泣。

她身边的看护立刻奔出去唤医生。

本才伸出手，握住汤老师的手臂。

她想开口说话，可是发声含糊，完全不成句子，本才吃惊。

她想问的是："加乐，加乐怎么样？"

没有人回答她，因为护士与医生同时冲进来。

医生立刻替她检查，他眼睛里亮晶晶闪着感动的眼泪，大大松口气。

"赶快通知她父母。"

本才耳朵有许多杂音，可是她辨得出他们在说些什么。

父母，她何来父母，他们早已去世。

本才呆呆地看着他们。

汤老师大声："加乐，你苏醒了。"

加乐？她叫她加乐。

"加乐，你要记住，杨小姐救了你。"

本才张大了嘴。

不，她就是杨本才，这是怎么一回事？

汤老师说下去："加乐，你要记得杨小姐舍己为人。"

医生按住汤老师的肩膀："孩子刚醒，别刺激她。"

"是，是。"

汤老师走到另一角拭泪。

本才大惑不解，她挣扎着要起床，看护立刻替她注射。

她喊："不，不，我有话要说清楚。"

但不知怎的，舌头打结，声音混浊。

然后，本才看到了自己的拳头，这一惊非同小可，她愣住了，随即尖叫起来。

她的拳头只有一点点大，似一个小孩，她接着看自己的身躯，想找出一个合理的答案，但是来不及了，药力发作，她已经没有力气，手脚颓然掉到床上，沉沉睡去。

本才做了许多乱梦，她忽然变得很小很小，穿着红色新大衣在草地上跑，父亲在另一边等她，把她接住抱起，大声叫："囡囡是天才，囡囡是天才。"她紧紧搂住父亲脖子，无知而快乐。

为了讨好父亲，她努力学习画画，听老师指示光与影的运用。

一日，贪玩，画了米老鼠，被父亲看到了，他顿时拉下脸："本才，我不要你画这些，记住，我不喜欢，你也不喜欢。"

本才被送到天才儿童学校读书，七岁读十四岁的中学课程，同班同学都比她大，她没有朋友。

本才在梦中喘息挣扎，她想醒来，从未睡得那么辛苦。

半昏迷中感觉到有人用冰水拭她额角，她略感好过。

本才喊出来："妈妈，妈妈。"

她听见有人回应："加乐，妈妈在这里，妈妈在你身边。"

她听到母亲哀哀痛哭。

本才觉得只要醒来，噩梦便会成为过去，那爱一时讨厌一时的可爱的马柏亮照旧会带她出去吃喝玩乐。

她大声呻吟半晌。然后，她放弃挣扎，四肢再也不动，身躯平躺着，静寂了。

本才没听到她身边人的对话。

"谢天谢地终于苏醒。"

"这七天来叫人担尽心事。"

"把她俩自火堆瓦砾中挖掘出来时二人均缺氧。"

"多亏杨小姐用身躯护住小小加乐，她奇迹地一点损伤也无。"

有人饮泣："可是杨小姐她——"

"也许杨本才也会醒转。"

"医生说杨本才已经陷入植物状态，很难有康复机会。"

"不，会有希望。"

"是，好人一定会有好报，否则人生还有什么意思呢。"

本才的思绪回到十五岁那年，小小的她遇见了朱至舜，几乎立刻爱上了他。

朱至舜最大的特点是英俊，少女都喜欢漂亮的面孔，本才怎会例外。

但是他并不爱她，他感情照次序分别在网球、英国文学及他自己身上。

本才很吃了一点苦，早熟的心受伤后结了一个痂，到今日仍然可以感觉到。

她在睡梦中落下泪来，一生都在渴望中度过，盼望父母的欢心，希望功课做得更好，画展一次比一次成功，到最后，希望得到异性——

本才口渴难当，半梦半醒间嚷："水，水。"

立刻有人托起她的头，喂她喝水，她尝得到是蜜水，贪婪地喝了许多。

她再次睡着。

不知隔了多久本才再次醒来，心头十分清晰，她知道不能再吵，否则又是针药侍候。她一切悄悄行事，先四边看清楚，有没有人。

她看到王振波伏在床尾在打盹。

噫，小加乐的父亲回来了，病房内只有他一个人，医生看护都在外头，比较容易办事。

本才发觉她手腕上只有一条管子，她轻轻将它拔掉。

又一次觉得惊骇，手臂细细小小，像个七岁孩子。

她掀开被单，看到身躯。

啊，这究竟是怎么一回事，完全没有胸部，尚未发育，不，不，根本没有长足，还是个小童。吃惊之余，她掩着嘴巴，下床，蹒跚走到浴室找镜子看个究竟。

不够高，她踮起脚，看到了。

本才吓得目瞪口呆。镜子里不折不扣是王加乐。

大眼睛、卷曲发，七岁的智障儿王加乐。

本才掩着胸口，尖叫起来。

加乐脸上的淤痕扭曲，看上去有点可怕，本才更加不能控制自己，拍打起镜子来。

嘈杂声吵醒王振波，他发觉加乐已不在床上，急急找到浴室，用力抱住发狂的加乐，大声叫医生。

看护奔进来看个究竟。

本才努力挣脱，忽然之间，不顾一切钻到床底下，躲在角落里，蜷缩成一团，不住哭泣。

本才又惊又怒，心中不住说："出去，出去同他们讲清楚，你是成年人，不用怕。"

可是另一方面又知道一个低能儿要争取大人的耳朵真是谈何容易。

她更加绝望，除了哭泣，一时不知怎么办才好。

只听得王振波叫她："加乐，出来，爸爸在这里。"

忽然有人说："汤老师来了。"

汤老师轻轻钻进床底，可是没有伸手来拉扯她。

"加乐，别害怕，来，让我握住你的手。"

本才见到熟人，连忙爬过去，汤老师紧紧抱住她。

本才想说话，可是舌头打结，无论如何发不出句子来，这才想到加乐缺乏发音的训练，急得浑身是汗。

汤老师说："嘘，嘘，加乐，静静，静静。"

这时她听见王振波同医生说："她最听杨小姐的话。"

加乐叫起来："我就是杨本才。"

汤老师轻轻拍打她的肩膀，凄酸地说："我们都在等杨小姐醒来。"

什么？

一个又一个意外，惊涛骇浪似的覆盖上来，本才窒息，咳起来，脸色突转。

医生蹲下来，说："交给我，快。"

他把四肢乏力的加乐拉出去，给她罩上氧气罩，呼吸总算畅顺了。

"可怜的孩子。"

本才泪流满脸，她不住央求："让我见一见杨本才……"

说出口才知道有多么荒谬，她自己就是杨本才呀。

本才镇静下来。

她握紧拳头。不能再大哭大叫，她必须要沉着应付，否则会终生被关在疗养院里。

医生温和地看着她："加乐，认得父亲吗？"

本才点点头。

"汤老师呢？"加乐乖乖握住汤老师的手。

"好了好了。"大家都松口气。

从那刻开始，本才决定做一个乖孩子：她自小是个天才，与加乐不同，她当然知道，假使要得到她想要的，她必须先让别人开心，皆大欢喜正是这个意思。

看护轻轻说："加乐，妈妈来了。"

本才觉得一丝寒意，她害怕这个母亲。

她看到翁丽间走近，化妆艳丽的面孔探近她。"囡囡——"忽然泣不成声。

本才最怕人哭，人不伤心不流泪，她轻轻拍打翁丽间的肩膀。

做母亲的讶异了，停止哭，凝视本才："叫我妈妈，叫我妈妈。"

本才迟疑。

"昏迷时你叫过妈妈，让我再听一次。"

这样简单的要求，应该如她所愿，本才张口叫："妈妈。"

翁丽间却反应激烈，号啕大哭起来。

看护需要把她扶出去。

"加乐苏醒后像是变了一个人。"

"是，头脑像是清晰不少。"

"叫专科医生来替她检查。"

原来的护理院已经烧毁，小朋友都到新翼接受照顾，接着一个星期里，本才住在医院里，努力做一个智力普通的好孩子，像在大机构里工作一样，表现不能太好，那会引起疑窦，可是也不能太差，以免上头憎嫌，宝贵的中庸之道又一次派上用场。

再次做回一个孩子！真正难以想象，不可思议。

小手、小脚、小身子，椅子、桌子都高不可攀，走好久才到走廊底。

本才统共忘记做一个孩子是怎么一回事，现在一切苦与乐都回来了。

因不用负任何责任，生活真正轻松，每日只认认生字玩几个游戏已算一天。

加乐简单无求的思绪影响了她，这几天她过得很舒服。

但是本才渴望见到自己的身体。

机会终于来了。

下午，看护问她："你记得杨小姐吗？"

本才连忙点头。

"杨小姐当天进火场救你，不幸被泥灰活埋，背脊烧伤，经过抢救，伤势倒是无碍，但是却一直昏迷，没有苏醒，你愿意去见她吗？"

本才一颗心突突跳起来，忙不迭点点头。

她取过纸与笔，努力写出"我是杨本才"交给看护。

字体因为手的肌肉运用欠佳，歪歪斜斜。

看护一看，笑了："写得很好。"

本才叹口气。

看护叮嘱她："见了杨小姐，不准打扰她睡觉。"

她领着本才到医院另一翼去。

本才紧张得面色煞白。

来到病房附近，看护与看护打招呼。

"小加乐怎么样？"

"听话得叫人心酸，你的病人呢？"

"老样子，等待奇迹出现。"

"我带加乐来看她，希望唤醒她的知觉。"

"熟人都来过了。"

本才心里叫："马柏亮呢，马柏亮来过没有？"

病房门轻轻打开。

本才向里边张望，因身形矮小，什么都看不见，她轻轻走近，看到躺在病床上的人，不禁张大了嘴。

她知道万万不能叫出来，否则前功尽弃，又要被关起来，打针吃药，昏昏沉沉睡上几天。

她静静走到床边。

杨本才看到自己睡在床上。

因为背脊烧伤，她俯睡，脸朝下，鼻孔喉咙都插着管子，双目半开半闭，敷着湿棉布，啊可怕，这明明是个植物人。

看到自己这个情形，不禁伤心起来，她轻轻抚摸自己的手。

看护在一旁说："试着叫叫杨小姐。"

本才在喉头里咕噜着叫："杨小姐。"

"很好，很好，加乐，在她耳边说：'加乐来看你。'"

本才呜咽地轻轻说："我，我怎么变成这样了。"

就在这个时候，汤老师紧张地进来："加乐反应如何？"

看护答："很好，与常儿无异。"

"对，加乐像是真正苏醒了。"

"杨小姐如果知道，一定很高兴。"

汤老师不回答，低下了头。

有人敲了敲病房门。

本才第一个抬起头来：嗬，是马柏亮。

他真的来了，本才有点高兴。

只见马柏亮略为憔悴紧张，同汤老师颔首，与医生谈了起来。

他看上去充满忧虑，本才不由得感动，只见他把带来的玫瑰花插好，端一张椅子，坐到窗边，像是预备逗留一段时间。

本才轻轻走过去，把手放在他手臂上。

马柏亮转过头来："是你？"

本才点点头。

"你无恙？"

本才点点头。

马柏亮叹口气："是天意吗，本才却可能永远不再醒来。"

医生在旁听见了，轻轻说："永不说永不。"

马柏亮颓然说："是这千万分之一的希望最折磨人。"

医生不语，检查后走出病房。

汤老师在房外与看护不知商谈什么。

房内只剩本才与马柏亮两个人。

柏亮轻轻抚摸本才头发："这一等，可会超过一百年？"

本才还没有回答，他已经苦笑。

马柏亮说下去："我一直不了解本才，也不认同她所作所为。"

本才正想设法与他相认，听到他这样剖白，不禁呆住。

"她是丢下尘世所有跑到原始森林去与猿猴做伴的那种人。"

本才没好气，她才不会那样伟大，人家是著名的生物学家，她不能比。

"当初在一起，是因为她那清新气质，真正与众不同，叫人心折。"

本才静静听，一个女子没有多少机会得知男友心事。

马柏亮呼出一口气："你这个小小智障儿，你永远不会知道人间疾苦。"

本才忍不住笑了，你又知道吗，马柏亮。

"来，坐叔叔膝上。"

本才忽然脸红，忘记此刻她寄居在七龄童的身体里。

她往后退一步。

马柏亮又说："稍后，我方得知杨本才是一笔遗产的承继人。"

这时，本才真正愣住，呆若木鸡，嗬，怎么忽然到钱字上去了？

马柏亮把声音压至低不可闻："你听不懂，你也不会说话，同你讲不要紧，杨本才名下财产，不多不少，正够一对夫妻舒舒服服过一辈子。"

本才瞪着马柏亮。

是为着她的钱吗？他从来未曾透露过半丝风声，隐瞒得可真好，本才做梦也没想过他有那么深的城府。

她又退后一步。

只听得马柏亮喃喃地说下去："别人会想，马家不也是生意人吗，三代做百货，吃用不愁，可是外人不知我在家中顶不得宠，家长每月只给我一点点零用，唉。"

这时，汤老师回转来。

她握住本才的手："咦，加乐，你的手好冷，穿不足衣服吗？"

马柏亮赔笑，站起来说："我也该走了。"

好心的汤老师说："你若有空，请常常来，医生说亲友探访对病人有益。"

马柏亮走到女朋友身边，吻一吻她的手："本才，你要是听得见的话，请速速醒来。"

本才在心里嚷："马柏亮，我每一个字都听得到。"

他走了。本才怔怔地落下泪来。

汤老师讶异："加乐，你怎么哭，你可是听得懂？"

本才伤透了心，轻轻呜咽。

"看，加乐，朋友送了书给杨小姐看，他们以为她只需卧床休养。"

汤老师取过书，轻轻叹息。

杨本才的身体躺在病床上，重重昏睡，手足有时会抽搐一下，那只不过是肌肉的本能反应。

汤老师对加乐说："我们明天再来看杨小姐。"

本才要到这个时候，才渐渐接受事实。

男朋友爱的只是她的钱。

她现在已经不是她自己，人们叫她加乐。

她的智慧原来同一个七岁的低能儿差不多，知人面不知其心。

　　她被接返王宅，不知怎的，本才只觉得天下虽大，最舒适安全的仍然是床下以及钢琴角落，故此毫不犹疑，一骨碌滚到钢琴底下，躲在那里，哀哀痛哭。

　　而且不知怎的，身体非常容易疲倦，成年精灵的灵魂被困在一具病童的身体内，力不从心。她呜咽着睡着。

　　半梦半醒间觉得有人轻轻把她拖出来，移到床上，盖好被褥。

　　本才有点自暴自弃，根本不欲分辩，用被子蒙着头，觉得天大喜事是永远不用醒来。

　　其实她凄苦的愿望已经黑色地达成一半，杨本才的确躺在医院里可能要睡上十年八载。偏偏她的灵魂却被莫名的力量移植到小加乐的身体里。

　　还何用申辩，都说童年是人生最快乐的阶段，不如重温一次。

　　醒来已不再惊骇，她已知道她的身份。

　　一看身边，正是那本朋友送到医院给她的书，封面写着《莎士比亚十四行诗集》。

　　里头夹着一张卡片："本才，快速痊愈，爱你，执成。"

执成，执成是谁？

正在思虑，听到房门外有讲话声音。

女声属于翁丽间："把加乐领回家来，应付得了？"

她的丈夫王振波答："医生说加乐这一段日子有极大进展，况且，我答应过要陪伴她。"

翁丽间说："自讨苦吃。"

"丽间，我需要你的支持。"

"我整年行程工作已经排满。"

"丽间，不要逃避，现在回心转意，也许还来得及。"

"我已吃足苦头，与加乐相处的头三年，我自杀过两次，已经赎了罪。"

"丽间——"

"我不想再讨论这个问题。"

"可是加乐终于叫了妈妈。"

翁丽间饮泣。

本才放下书，无限内疚，原来翁女士是这样痛苦，她爬下小床，看一看布置精致的卧室，摸出房去。"妈妈，"她叫，"妈妈。"

翁丽间转过头来，泪流满面："加乐，你可是叫我？"

本才挣扎着走出去。

她看到王振波与翁丽间爱惜地凝视她。

本才清晰地记得这种目光，幼时她父母也常常这样看着她，训练她，希望她成才。

刹那间她原谅了翁丽间，她希望他们夫妻和好，她过去说："妈妈，留下来陪我。"

发音仍然模糊，但是可以辨认。

加乐的父母不相信自己的耳朵。"加乐，"声音是颤抖的，"你同我说话？"

翁丽间蹲下来，紧紧抱住女儿，说："是，我一定留下照顾你。"

王振波说："我去请医生。"

保姆走过来说："加乐，欢迎回家，请来沐浴更衣。"

本才跟着保姆走到卫生间，不禁欢喜起来，原来小小浴室的洗脸盆水厕都小一号，像幼儿园的设计，十分可爱。

真是想得周到，本才自己洗脸刷牙，并且找到替换衣服。

保姆大奇，她本来以为加乐样样要她照顾，是份苦差，谁知孩子精乖磊落，比普通幼儿更易服侍，噫，莫非东家把天才当作白痴。

保姆替她放浴缸水。本才转头说："谢谢。"

保姆想扶她进浴室，本才说："我自己来，你可以出去了。"

保姆讶异到极点。

肥皂及洗头水正是本才幼时用过的牌子，无限温馨。

梳好头发穿上衣服，保姆在门边张望："加乐，可需要帮忙？"

加乐已经出来，全身整整齐齐。

保姆连忙去向女主人报告。

本才回到房内，取起《莎士比亚十四行诗集》，轻轻朗诵数句："爱，盲目的愚者，你在我眼睛做了什么手脚，以致我视而不见？"

忽然发觉房门口站着两个人，本才放下书，原来是王振波与医生。

医生惊讶不已："加乐，你认得我？"

本才颔首。

"你在读莎士比亚？"

本才又点头。

"加乐，你可是突飞猛进呀。"

本才想对医生透露真实情况，他们是科学家，应该有更强的理解能力。

才想开口，医生对王振波说："这种情形只可以说是奇迹，医学界时时有不可解释的情况出现，假使你们有宗教信仰的话，便不难相信是上天的旨意。"

王振波颔首："加乐，到我这里来。"

本才不想与他太过亲热，微笑坐在一边。

医生笑说："享受这项奇迹。"

"可是——"

"她讲话的能力受到先天性局限，不过可以请语文发音老师矫正。"

医生已经向大门走去，回过头来："不过人不需要十全十美，也并无十全十美的人。"他走了。

本才连解释的机会也无。原来大人都无暇聆听孩子的心事。

王振波对女儿说："加乐，爸爸已经结束生意，从此有更多时间陪你。"

本才笑嘻嘻表示高兴。

"加乐，你可想上学？"

本才吓一跳，连忙摇头，她最怕学校刻板生活，对她来说，学习与课室不挂钩。

"我带你到学校看看可好？"

做小孩就是这点不好，统共没有自主能力，大人去哪里，孩子也跟着去，反对无效，最多在地上号哭打滚，最后招致更大的侮辱。

本才一直摇头，可是已经听见翁丽间在电话联络学校。

本才重新拾起诗集。

所有的十四行诗都在歌颂青春，又慨叹时光飞逝，少年的美姿不能久留。

本才苦笑，他们一定羡慕杨本才吧，又可从头活一次。

她闭上眼睛休息，听见王振波坐到她身边。

"加乐，真看得懂？"

他取过诗，读第七十八首："我时时祈求你成为我的缪斯，玉成美丽的诗篇……"

本才看着他。

王振波神情英俊忧郁，他原是名出色的男子。

"这本书从何而来？"一翻，"咦，原属杨小姐所有，是她送给你的吗？"

本才不置可否。

"可惜杨小姐重伤不起，否则，她一定非常高兴你今日心绪明澄。"

　　他说下去："她一直悉心照顾你，你只与她一人投契。"他深深叹息："我们得时时去探访她。"

　　在外头，翁丽间正对牢电话同伙计大发脾气，责骂之声传到房内。

　　"你们怎样做事？一个个像算盘子，拨一拨动一动，又似单程票，用一次报销，我马上回来，你们不准动。"

　　她大力摔下电话。

　　王振波无奈，轻轻说："好好一个女子，一做事就变成这样，加乐，相信我，女性千万不要工作。"

　　本才一听，笑得打跌。

　　王振波却感动了："你听得懂，加乐，你明白我抱怨什么？"

　　翁丽间怒不可遏地走进来，说："我回公司去看看那班饭桶搞些什么。"

　　王振波的反应十分冷淡。

　　翁丽间出去了。

　　王振波对女儿说："她一直不喜欢留在家里。"

　　也许，她有别的责任。

　　"她说她是翁志炎的女儿，必须承继父业。"

　　翁家，到底做什么？"加乐，你外公是著名的航运家。"

本才肃然起敬。原来王加乐有这样优秀的遗传基因。

"翁丽间什么都要机械化地做到最好，可惜我同你都不够好。"

本才恻然，她没想到在这种情形下还有人比她更可怜，她拍拍振波的背脊。

王振波转过头来，看着小加乐。

"你会是爸爸的知己吗？"

本才拼命点头。

他们紧紧拥抱。在他怀中，本才觉得安全满足。"我同你母亲，分手在即，你必须接受事实。"

本才连忙摇头。

"不用担心，与其貌合，不如正式分开。"

本才露出十分无奈的神情来。

王振波又惊又喜："加乐，你竟然什么都明白。"

可以说明白，也可以说完全不懂。

这时，用人来叫吃饭。

"加乐，陪爸爸午膳。"

王振波想法正确，是女儿陪他，不是他陪女儿。

父女胃口都不错，可以看得出他已很久没在家吃饭。

　　本才一直吃素，王家的菜式很适合她，用人给她一只碟子，一只调羹，她这才想起，加乐不会用筷子。

　　她需要从头学的事，不知有多少。

　　不过也有许多规矩她记得清楚，像坐下来要立刻把裙子拉好遮住膝盖。

　　本才忽然笑了，想得那样周到，莫非想在加乐身上过一辈子。

　　这件事，需要说清楚。

　　最理想的对象应该是汤巧珍老师，她对王加乐与杨本才同样熟悉。

　　这个时候，王振波去接了一通电话。

　　回来的时候他说："加乐，汤老师稍后来看你。"

　　一定要把握这次机会。

二

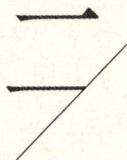

世事往往如此，越是刻意经营，越是失望。

加乐预备了笔纸，打算与老师通信息。

她希望王振波也在场，可是汤老师一进门，他即有事。

"汤老师，你与加乐谈谈，建筑师来了，我想与他商量后院加建泳池的事。"

汤老师点点头，与加乐走到会客室坐下，她放下带来的小礼物。

长窗正好对牢后园，可以看得到工程人员量地打算挖掘，王振波则在看蓝图。

汤老师一贯温柔："加乐，你带了笔纸来，是要画画给我看吗？"

加乐提起笔，写下："我是杨本才。"

她把画纸拿到汤老师跟前。

可是汤巧珍的眼睛根本没留意加乐写了些什么，她心不在焉，目光落到站在后院的王振波身上。

她说："来，加乐，坐我身边。"

本才急了，推她一下，叫她看纸上的句子。

汤巧珍全不会意，她喃喃："你瞧你父亲是多么英俊。"

本才怔住，纸笔落在地下。

汤老师轻轻叹口气："少女时期，我也是一个标致的可人儿，但是我从来没机会认识像王振波那样要人有人，要才有才的男子。"

本才这时候看上去，瞠目结舌，不折不扣似个傻孩子。

啊，成年人的世界真复杂，成年人没有一个值得相信。

只听得她说下去："医生觉得你有惊人进展，加乐，但是我跟你这个案足有五年，我很清楚，你将永远是智障儿。"

本才不由得伤心起来，汤老师，你怎么可以这样说话。

接着，她吁出一口气："你看你是多么幸运，父亲打算为你建一个暖水池，你什么都不懂吗？不要紧，你可以一世享福。"

语气渐渐不乏讽刺，本才不相信这就是她相识四年，一向谈得来，和蔼可亲的汤老师。

"五年来我对你悉心照顾，可是你父亲从来不多看我一眼，对他来说，我只是护理院一个保姆。"

本才讶异得作不得声。

她猜也猜不到汤巧珍会有这种非分之想。

"我多渴望可以做王宅的女主人，一切都是现成的，你看，豪宅、佣仆、大车……扬眉吐气呢。"她苦笑起来，"以往一次不愉快的婚姻也可以雪耻。"

她握着本才的手，不知情的人还以为她在陪孩子说话。

"后来，杨小姐出现了。"

本才心底"呀"一声，终于烧到她处了。

真没有勇气再听下去。

"他见过她一次后，印象深刻。"

本才呆呆聆听。

"他一直问起她。"

是吗，有这种事？

"杨小姐漂亮潇洒，是成名的画家，又有妆奁，条件确胜我百倍。"

本才瞪大了眼睛。

"世上看人，一切讲表面条件，是，我诚实，我苦干，有什么用？"

语气十分酸涩。

原来，月亮的背面，是这样的光景。

"加乐，你父母将分手，你可否帮汤老师一个忙。"她低声向孩子恳求，"让我坐上女主人的位子好不好？"

说完之后，自觉是妄想，讪笑起来。

本才已吓得呆了，动也不敢动。

刚才还想向汤巧珍求助，此刻才知道她既不是王加乐的朋友更不是杨本才的朋友。

汤巧珍诉完心事，像是舒服一点，转过头来："对了，加乐，你画了什么给我看？"

本才背脊爬满冷汗，退后一步，拾起纸张，团皱了它，丢在一旁。

汤老师笑了："你这个傻孩子，什么都不用愁，也永远不会长大，你看看，多少人侍候你。"

本才不出声。

"大家都卑躬屈膝地对待你，知道是为什么？"

本才还来不及回答，王振波已经进来了。

本才连忙跑到他身边去。

王振波问汤巧珍："老师，有无发觉加乐大有进展？"

汤巧珍的声音马上变得非常诚恳："认得人了，还画画给我看呢。"

哗，这么虚伪。

本才躲在王振波身后不敢出来。

汤巧珍又说："对了，王先生，昨日我的建议，不知你有无考虑？"

什么建议？

王振波马上说："怎么好意思叫汤老师离开护理院。"

原来如此。

"不。"汤巧珍急急说，"我乐意到府上来照顾加乐一人。"

王振波沉吟。

汤巧珍招手："加乐，过来，加乐。"

如果小孩肯过去，说法就不一样了。

可是本才躲在王振波身后动也不动。

王振波咳嗽一声。

"我同加乐母亲商量过，想把加乐送进学校，多些与同龄小朋友相处，方便学习。"

汤巧珍急道："加乐不是一般小孩。"

"所以要学习。"

"单独教授比较适合加乐，我是专家，我最清楚。"汤巧珍十分情急。

王振波微笑："这件事，慢慢再说吧。"

汤巧珍脸上一阵红一阵白，知道不能再辩。

王振波说："我叫司机送你出去。"

汤巧珍只得告辞。

本才松下一口气。

她走了，王振波问女儿："刚才汤老师叫你，你为何不过去？"

本才不出声。

王振波轻轻问："可是你也有疑心？"

疑心什么？

"加乐，那次你肋骨折断，你母亲发誓不是她做的，我心里疑惑，会不会是汤老师的疏忽。"

本才一颗心掉进冰窖里。

"你不觉得汤老师太刻意讨好？"

不，本才心中嚷，我一直把她当好朋友，从未想过她会藏奸。

父女走出会客室。

女佣进来收拾，看到纸团，摊开一看："这是什么？"只见上面有涂鸦。"我是，我是杨——写些什么？"一手丢进废纸篓。

本才表白身份的想法也都丢进海里。

无助的小孩在成年人的世界里存活，焉得不小心翼翼。

所以幼儿的模样被上帝设计成那么可爱，就是希望大人因怜生爱吧。

翁丽间回来了。

大包小包拎着玩具与新衣，唤女儿过去。

本才知道她必须感恩及讨好大人，便耐心地让保姆替她披上新大衣示范。

不能自主独立，苦不堪言。

本才却知道有许多成年妇女也心甘情愿过着这种生活，真正可怪。

王振波看见了，便说："丽间，孩子不是洋娃娃。"

翁丽间一愣，这次却没有发作，只是说："我无论做什么，都不能取悦于你。"

王振波不语。

"正是你说来，我说去，你往东，我向西。"

王振波只得走出书房。

"不是吵架，就是避开，这样痛苦，为的是什么，我会叫欧阳律师联络你。"

王振波问："就是因为我说一句别将加乐当洋娃娃？"

"王振波，你我根本从未相爱过。"

王振波感到极大的屈辱，但强忍着不发作，握紧拳头。

翁丽间发现了蛛丝马迹——客人带来的糖果。

她问用人："谁来过？"

"护理院的汤老师。"

翁丽间哼一声："嗬，那个看勃朗蒂[1]及奥斯汀[2]小说太多的家教，妄想一下走进学生的家做女主人？"

本才讶异得说不出话来，没想到汤巧珍的意图路人皆知，由此可知最低能的是杨本才，她可是丝毫不觉。

"加乐，过来。"

---

[1] 勃朗蒂：夏洛蒂·勃朗特，英国女作家。她与两个妹妹，即艾米莉·勃朗特和安妮·勃朗特，在英国文学史上有"勃朗特三姐妹"之称。代表作品有《简·爱》。

[2] 奥斯汀：简·奥斯丁，英国女小说家，主要作品有《傲慢与偏见》。

本才走近她。

"说，那日推跌你引致受伤的并不是我。"

王振波劝说："她哪里记得。"

本才实在没有印象。

"加乐，明天你试试上学，我已替你找到学校。"

王振波意外问："这么快？"

翁丽间举起双手说："王振波，我投降，我一百次建议你一百次反对，我真替你累死。"她走出去。

本才为难。

她轻轻脱下大衣，放到一角。

王振波轻轻说："加乐，你如果会聊天，当可与爸爸解闷。"

本才伸出手去，轻轻抚摸他的面孔。

她并非一个轻佻的女子，这双手，只碰过马柏亮的鬓角。

汤巧珍老师说得对，王振波是何等英俊潇洒。

天气冷了，他领她到海边散步，本才习惯了沉默，觉得不说话好处无穷，以免说多错多。

而且她发觉，他们都喜欢对她诉衷情，不知不觉把她当作一个小小心理医生，但求一吐为快，根本不祈求任何回应。

因此她更加不方便加插任何意见。

在海滩路边跑步的健美女郎不住回头向王振波展开灿烂的笑容。

王振波轻声说:"看到没有,加乐,要是我愿意,不愁没有伴侣。"

本才微笑。

"可是,这种路边邂逅有什么意思呢。"

他们坐在公园长凳上,本才整个人缩在绒线帽围巾手套大衣内,不觉寒冷。

王振波买了冰棒给她,本才津津有味吃起来。

假使王振波遵守诺言,长期陪伴她,生活还算不错。

有一个漂亮的女郎骑脚踏车在他们身边停下。

她看一看他们,娇俏地问:"是大哥,还是父亲?"

王振波笑答:"父亲。"

本才心中有气,真是男女兜搭中的陈腔滥调,但是王振波好似十分受用,任凭是他,也有肤浅的时候。

本才气鼓鼓地看着那女郎。

只见她吸一口气,收腹挺胸,坐到他们身边:"今日真冷。"往手内哈气。

王振波说:"可是有阳光。"

"我叫香桃。"她伸手与王振波一握。

本才嗤之以鼻，天下会有那样俗气的名字。

只听到香桃小姐说："小朋友为什么不高兴？"

"没有，"王振波说，"我们正在享受冬日阳光。"

"今冬会多雨。"

"我也听说了。"

"我在镇上有一家礼品店，有空请来参观。"

"叫什么名字？"

"香桃呀。"

她甩一甩长发，推着脚踏车要走了。

本才忽然走上前，把吃剩的巧克力冰棒印在人家雪白的运动衣上。

王振波跳起来："加乐，你这是干什么？"

香桃却满不在乎："放心，洗得掉。"

她骑上脚踏车离去。

王振波问女儿："为什么？"

真笨，捣蛋呀。

"没想到你比从前更加顽皮。"

父女俩回家休息。

本才牵记自己的旧躯壳。

静静想半天，她决定利用电子邮件向医院查询杨本才的近况。

她走进书房，打进号码及问题，答案很快来了："杨本才情况如旧，并无进展。"

本才叹息一声。

身后有脚步声传来，本才想按熄电脑，已经来不及。

一转身，见是王振波，她只得笑一笑。

"咦，加乐，你几时学会写电子邮件？"

一看，讶异到极点。

"加乐，你会书写？"

本才看着他，好不好趁这个机会向他表白身份？

"加乐，你关心杨小姐？"

本才点头。

"加乐，难道是医生断错症，你本是一个最聪明的孩子？"

本才坐到电脑前面，打出："事实上我是杨本才，你不会相信——"

可是王振波惊喜过度，一把抱起女儿："我们立即找医生重做智力测试。"

他竟没有留意电脑屏幕。

本才大声嚷："看，看。"用手指着。

"好，好，稍迟我一定看。"

真要命。

赶到专家的诊所，看护出来："王先生，我们休息了。"

"何教授在不在？"

"我还没走。"

一位漂亮的女士笑着走出来。

"世坤，加乐忽然会书写，会使用电子邮件，请为我们解答疑团。"

何教授凝住笑容，看着小加乐。

半晌她说："振波，一直以来，我怎么同你说？"

王振波叹口气："你说，加乐另有心智世界，需要尊重，切忌将她唤出与我们看齐。"

本才一听，不由得对这位漂亮的教授发生好感。

她是哪一科的教授？

办公室内挂着她的文凭。

本才走近仰起头看，孩子身量矮小，无论看什么都需仰观，相当辛苦。

原来何世坤是儿童心理学医生。

"我一向反对你们强要加乐做一个普通人。"

王振波苦笑。

"来，加乐，让我看看你如何传递电子邮件。"

本才老实不客气，坐到电脑前面，三两下手势，接通了一家出版社。

王振波惊喜地问："这算不算奇迹？"

何教授微笑："还不算，电子仪器根本专方便弱智人使用。"

本才也笑了，这何教授聪颖到略见尖刻。

何教授俯视小孩："你听得懂我的话？"

本才取过桌子上的纸笔，写下"幽默"。

何教授变色："这才是奇迹！"

王振波困惑地说："那次意外出院之后，加乐就产生显著变化。"

"你要我替她做详细检查吗？"

"再好不过。"

"翁丽间赞成吗？"

王振波犹疑。

"你知道丽间一直不喜欢我。"

王振波强笑道："你太多心了。"

何世坤也笑："若不是她出现在你我之间，故事恐怕要重写。"

噫，这里边另外有学问。

本才分外留神。

何教授又低下头来轻声说："振波，加乐非你亲生，你却视若己出，我真十分尊重你为人。"

本才张大了嘴合不拢来。

嗬，不是他亲生，那就真正难得。

而成年人的世界何其复杂。

王振波忽然紧紧握住小孩的手，非常维护，神情略为紧张，像是怕有人会抢走加乐。

何教授把这一切都看在眼内，唏嘘道："而翁丽间却似丝毫不见情。"

王振波才张开嘴想说什么，身后已经传来一个冷冷的声音："闲谈莫说人非。"

啊，翁丽间来了。

本才有点害怕这一场即将上演的好戏。

大家都是成年人，千万不要太冲动。

不过，她先机灵地退到墙角去。

果然，翁丽间先发话："你穿插在我们夫妻之间，倒还想破坏些什么？"

何教授如果忍不住还口，一场骂战就要触发。

可是何世坤却一言不发。

本才益发喜欢她。

半晌，何教授唤护士进来："送客。"

"慢着。"翁丽间叫住。

何世坤看着她。

"你确是本市最好最著名的儿童心理学家，我希望你帮一帮加乐。"

本才吁出一口气，啊，吵不成架。

何世坤看着王振波。

"世坤，请你援手。"

何世坤说："我收费高昂。"

"不是问题。"

何世坤写了一个数字："请先把这笔捐款送到飞行眼科医院。"

"没问题。"

"明早九时把加乐送来。"

"现在开始不可以吗？"

"诊症时间已过。"

王振波说："那我们先走一步。"

夫妻俩领回加乐。

桌子上有一副七巧板，本才顺手把它们拼成一只大象。

何教授实在忍不住，她说："加乐，你愿意现在留下来做测试吗？"

本才颔首。

"好，那我就超时加班工作好了。"她抬起头，"劳驾贤伉俪两小时后接回加乐。"

王振波携翁丽间离去。

在电梯里，两人静默良久。

然后，翁丽间问："你仍然爱她吧？"

王振波心平气和地答："不，我一向尊世坤如姐妹，不过，你会在乎吗？"

片刻，翁丽间回答："你说得对，我们之间已经不剩下什么。"

承认事实之后她反而松弛下来，微笑道："多谢这几年来关怀加乐。"

"加乐亦是我的孩子。"

"谢谢你。"

电梯门一开，冷风吹进来，翁丽间头也不回地走了。

在办公室中，何教授问小加乐："你还会拼图吗？"

本才迅速将七巧板拼出各种不同的图案，有几个还是自选花式。

何教授不动声色："试试说话。"

本才取过纸笔："情愿写字。"

何教授凝视她："你是谁？"

问得真好，本才双眼红起来。

她想了一想，这样写："请勿惊疑。"字体歪斜，似孩子书写。

"你可以信任我。"

"我不是王加乐。"

教授笑笑："那么，你是谁？"

"我是另外一个人。"

"谁？"

"我是杨本才。"

教授悚然动容："杨本才身受重伤，躺在医院昏迷不醒，你怎么会是她？"

"请相信我。"

"你可是怀念杨小姐？我知道她一向关怀你。"

"不，我就是杨本才，你可以测试我。"

何教授遭到迷惑。

"你这个想法，还有其他人知道吗？"

"我没有亲友，我不敢向别人披露。"

"加乐，来，我们先做一个脑电波测验。"

教授叫她躺到小床上。

"你记得来过这里吗？"

"不，我没有加乐的记忆。"

"那也好。"

教授把各种仪器搭在她身上。

忽然她说："听些音乐如何？"

录音带开启，是那首著名的《三小猪与大坏狼》，本才觉得轻松悦耳，不禁跟着哼了起来。

教授笑了："原来并没有全部忘记。"

"教授，你一定要相信我。"

"当然，好，请过来做智力测验。"

本才自幼被视为天才，这种测试做了不知凡几，父母找了全世界的问卷来，叫她做熟了才去应考，三五年一过，答案早已背熟，她一看就知道问的是什么，不假思索，立即写出。

她的智商分数无与伦比。

此刻见到了大同小异的问题，自然手到擒来，觉得易如反掌。

十分钟不到，已做了一百题。

何教授嗯一声："加乐，你应该去上学了。"

本才微笑，写道："回大学重读？不必了。"

教授只得说："告诉我关于杨本才。"

"无奈的天才画家，到最近才获得自由，可以照自己的心意生活，可是一觉醒来，发觉成熟的灵魂竟被困在一具小童的躯壳内，惊骇莫名。"

教授怔住。

如此流利简约的自我介绍，绝非孩童可以做到。

她不动声色，过片刻，轻声说："我的思想困境与你略不同，我老觉得我的心灵十分年轻活泼，却被困在一具中年女性的肉体内，故日日愤愤不平。"

本才一听，笑得弯下腰，笑出眼泪来。

何世坤暗暗吃惊，这个孩子，究竟是谁？

她曾经替王加乐检查多次，对她印象深刻，加乐不折不扣是弱智儿，坐在一角，独自玩耍，半日累了，蜷缩在地上便睡，害怕时则哀哀痛哭，钻进角落。

王加乐怎么会是今日这个模样。

这是每一个心理医生梦寐以求的个案。

一本论文著作的内容已经呼之欲出。

何世坤尽量按捺兴奋之情，斟出苹果汁给王加乐。

本才却说："甜腻腻的，谁喝这个，请问有无无气矿泉水？"

她取出各式芝士及咸饼干。

"太好了。"本才欢呼。

他们给小孩的食物真不敢恭维，炸鸡腿、薯条、牛肉蓉。吓怕人。

教授说："加乐，你我谈话内容，可否守秘？"

本才看看她，写出："你是怕引起惶恐？"

"当然。"

"几时才可披露？"

教授想一想，说："等你成年。"

本才发呆，教授仿佛已经做出最坏打算：杨本才精魂配王加乐躯壳，得过上一辈子。

本才忽然对自己原来的身躯无限依恋，怔怔落下泪来。

她写下："我想去看看杨本才。"

"我陪你去。"

何教授通知王振波半小时后在医院会合。

杨本才仍然昏迷。

最令人不解的是她的面庞明显肥胖。

看护说："所喂的营养液会产生这种效果。"

将来苏醒了减肥不知要减到几时去。

"她看上去心境十分宁静。"

"是脑部活动几乎完全静止。"

"有无梦的迹象？"

"只是偶然。"

"啊，脑部仍未死亡。"

"是。"

本才想，是谁的梦，是小加乐的梦吗，她梦见些什么？

她坐在椅子上凝视自己的身体。

何教授要到办公室去查视杨本才的病历。

"加乐，你留在这里，还是跟着我？"

本才表示愿意留下。

"看护小姐就在你身边，不必害怕。"

何教授一走，就有人推门进来。

对方一见她，也同样意外："咦，小朋友，我们又见面了。"

是马柏亮。

看护含笑说："马先生早。"

可见他是常客，他如此诚心，也真不容易。

马柏亮插好花："她今日如何？"

"无大转变。"

马柏亮叹口气。

他走近亲吻本才脸颊。

本才一挥手，想挣脱，但她挥动的，只是加乐的手。

马柏亮转过头来。

本才看牢他。

马柏亮问："你会说话吗？"

本才不出声。

"你有一双亮晶晶洞悉世情的大眼睛，可是，这双瞳孔内没有灵魂。"

本才忽然生气:"马柏亮,不得无礼!"

马柏亮吓一跳,退后一步:"你说什么?"

看护连忙上前来调解:"马先生,孩子没有心思,她听别人说过,鹦鹉学舌而已。"

马柏亮呼出一口气,原来如此。

看护小心地把加乐领到另一角落,给她一本图画书。

本才一看封面,见是睡公主的故事,忍不住哧一声笑出来。

马柏亮刚想走,何教授迎面而来。

"慢着,这位可是马先生?"

"是,你是哪一位?"

"马先生,刚才我与一位罗允恭律师接触过。"

本才立刻放下图画书,罗律师正是替她处理日常事务的负责人,何教授怎么会与她联络?

何教授冷冷地说:"听讲你想以杨本才同居人身份申请领取她的遗产。"

本才"呀"了一声,站起来。

喂喂喂,杨本才还活着,怎么可以分她的产业?

何教授亦大大不齿马柏亮为人："罗律师同我说，只要有她在生一日，你莫指望得到一个铜板。"

马柏亮理亏气衰道："你是谁？"

本才忍不住颤声指着马柏亮："你以后不必假仁假义再来看我！"

马柏亮又吓一跳："你是谁？"

何教授答："罗律师手上有充分证据你俩从未同居，你休想染指杨本才名下财产，而且我告诉你，杨本才不是没有复原的希望，我倒要看看将来你有什么颜面与她叙旧。"

马柏亮匆匆逸去。

看护在一边轻轻鼓掌。

何教授说："大家是女性，互相照顾，份属应该。"

她紧紧握住小加乐的手。

看护说："知人知面不知心。"

何教授叹气："一个女子不知要小心到什么地步才能安然度过一生。"

本才却不想讨论女子的命运，她想见罗律师。何教授说："看是谁来了？"

这时，王振波进来。

本才立刻走过去埋首在他怀中。

王振波穿着一件长外套，本才钻到他大衣里，躲到他腋下，黑暗温暖，真是个与世隔绝的好地方，一辈子不出来也不成问题。

只听得何教授叫她："加乐，躲到什么地方去了？"

大家都笑。

何教授又说："我也巴不得有一个那样好的地方可以藏身。"

王振波索性把大衣纽扣扣紧，搂着加乐。

"当心摔跤。"

父女就这样走出病房。

等她自大衣里钻出来，发觉已经走到新翼那幅空白的壁画之前。

本才感慨万千。

护士长走过来："王先生，现在我们已经决定照杨小姐的草稿，叫孩子们动工画这幅壁画。"

王振波立刻赞成："那太好了，需要什么，我当尽绵力。"

"王太太已答应重建护理院烧毁部分，贤伉俪真是善心人。"

王振波轻轻说："不敢当，不敢当。"

"加乐，我们壁画开工时，你记得来。"

本才高兴得手舞足蹈。

"咦，加乐比从前更擅于表达感情。"

王振波感到安慰："这是真的。"

忽然翁丽间出现了。

"你们还在这里？加乐需要休息。"

何教授说："我约了杨本才的律师罗允恭谈事情，你们要不要来？"

没想到翁丽间那样爽快："杨氏本人已不能做主张，她舍己为人，于我有恩，我理应为她出头。"

本才深深感动，她一直相信世上好人比坏人多。

果然，那么多人见义勇为。

她没有失望。

"让我们到罗律师的写字楼去。"

老好罗允恭。

她一直是杨本才的财务守护。

罗一早在办公室门口等客人，本才一见她便会心微笑，罗还是老样子，名贵套装下是一双球鞋。

一关上门，她便恨恨地说："那可恶的马柏亮若再敢说一声他有权处理杨本才的财产，我告到他人头落地。"

王振波笑了："我们全力支持。"

罗律师继续说下去："本才生前并不喜欢我。"

喂喂喂，本才心里嚷："我还没有死呢。"

罗律师也发觉说错了："呃，我是指我们老是争吵，她太喜花费，我管得她太严，许多无谓开支我都禁止。"

本才微笑，罗说得很坦白，她俩的关系一直不算好，曾经一度，本才甚至想开除她，不过由于聘用她的是本才的父亲，本才无权，罗才留得下来。

"现在想来，真觉过分，为什么不让她花呢？"罗允恭十分懊恼，"什么二十五万元一辆的平治[1]爬山脚踏车，一百万元一套名建筑师怀德设计的拼花玻璃窗……现在，送她也不能享用。"

本才觉得不忍，她走过去，轻轻拍罗的肩膀。

"小朋友，你不知我有多后悔。"

本才走近书架，移开两本厚重的法律参考书，自空格处取出一只装拔兰地[2]的扁银瓶子，递给罗允恭。

---

[1] 平治：奔驰。

[2] 拔兰地：白兰地，最初来自荷兰文 Brandewijn，意为"烧制过的酒"。

罗律师顺手接过打开瓶盖喝一口，觉得不妥，跳起来，瞪着加乐，问："你是谁？你怎么知道我的酒放在何处？"

王振波连忙说："小孩顽皮无意翻动东西，你别见怪。"

翁丽间也说："加乐，过来这边。"

本才只觉好玩，打开茶几上的瓷盒，找陈皮梅吃。

精明的罗律师处处留意加乐动静。

她蹲下来看着加乐，说："小朋友，你对我办公室摆设这样熟，你从前又没来过，这是怎么一回事？"

本才一按钮，音乐响起来。

翁丽间笑："加乐，别多手，我们这就告辞。"

何教授一一看在眼内。

至此，她已毫无疑问，王加乐与杨本才的确心灵相通。

这时，众人眼中的小加乐打开了衣柜，取出一件大衣。

罗律师立刻说："这件外套是上次本才留下的。"

最后，本才方乖乖坐下吃点心。

表演了那么久，本才累了，靠在王振波身边。

王振波原来并非小加乐生父，本才觉得降低不少压力。

她毫无顾忌地紧紧靠在他身边。

做小孩也有好处，可以肆意做自己爱做的事情，像握住王振波的手不放，不必怕羞，不用解释。

翁丽间说："我们要告辞了。"

归途中，本才在车子后座睡着。

车子在红灯前停下，本才醒了。

刚刚好听见王振波说："离婚文件已经做好。"

本才不出声，只觉悲凉，有两个人投资了多年的心血与感情泡了汤。

"欧阳过几天便会叫我们去签名。"

当真无可挽回了吗？

翁丽间说："离了婚反而轻松。"

王振波问："你始终对我有误会。"

翁丽间反问："还重要吗？"

"不，不再重要。"

"所以，连恨意也无，不分手还待几时。"

王振波又问："我到底做错了什么？"

"你没有错，错的都是我。"

糟，本才想，连争都不屑争，可见是一点感情也没有了。

"多谢你仍然让我们母女住在王宅。"翁丽间说得十分客气。

"你们永远受欢迎。"

"熟悉的环境对加乐很重要。"

她转过头来看女儿。

本才连忙展开一个笑容。

翁丽间心酸:"加乐,再给妈妈一个机会。"

本才伸出手去,何世坤教授说得对,女性应支持女性。

"对了,世坤叫加乐每天下午到她诊所。"

"我会通知司机接送,教授有什么结论?"

"暂时还没有,但是我看得出加乐此刻起码有三岁智力。"

本才啼笑皆非,太会开玩笑了,杨本才三岁就在做十岁儿童的功课了。

翁丽间拭泪:"她似终于开窍。"

车一到家,母女拥作一团。

翁丽间说:"你对加乐,真是赤诚爱护。"

本才疑惑,那么,谁是王加乐的生父?

这个人身在何处?

保姆出来笑说:"竟去了那么久,加乐,过来洗澡休息。"

本才回到卧室,不知怎的,身不由己,钻进床底,拥着玩具,蜷缩在角落。也没有人来劝她出来。躺半晌,她安然入睡。

真没想到床底比床面舒服安全。

早上醒来的时候，身上盖着小小被褥，可见有人照顾她，是谁？

本才伸个懒腰，这样小的手与脚，可以做些什么？平胸，尚未发育，非常方便，毫不费劲可以俯睡。

她自床底爬出，发觉床上有人。

是王振波累极而睡。

床不够长，他的腿伸在床沿外，像巨人到了小人国，英俊的人入睡了也是好看的，青色须根已经长了出来，浓密的头发有点凌乱，眉头紧皱。

领带已经解下，握在手上，来不及放好，已经睡着。

本才愿意多了解这个充满爱心却又得不到爱的人。

房间浅蓝色天花板上漆一朵朵白色的绵羊云，真是一间可爱的儿童寝室。

架子上有音乐盒子、画册、洋娃娃。

本才挑了纸笔，打草稿，画床上的王振波。

肯定被爱是一件非常值得高兴的事。

啊，开心得有幸福的感觉。

本才自遭突变以来第一次心境平静。

保姆轻轻推门进来，食指放唇边，暗示本才不要吵醒王振波。

她再招招手，叫本才出去。

看，人类其实何须说话，简单手势已足够表达心意。

能说善道，反而说多错多。

保姆让她吃点心。

"你是个乖小孩，为什么把你说成低能？"

本才笑笑，不出声。

"是否偏心？"保姆轻轻说，"人的心一偏，难有公道意见。"

真的，朴素变寒酸，聪明变嚣张，勤力变巴结，没有一个好人，没有一件好事。

本才觉得饿，吃得很多，加乐需要发育，她不能辜负孩子，必须吸取营养。

她看了一会儿电视儿童节目，挂住王振波，走回寝室。

他刚刚醒来。

看到加乐，他微微笑。

本才伸手过去，用小小手指，轻轻揉平他皱着的眉心。

王振波"哟"一声，说："原来我连睡着都满面愁容。"

本才看着他不出声。

"加乐，你看，成年人一丝快乐也无。"

本才握住他的手。

"不过，加乐，你是我生命中的阳光，你天真的笑脸可救我贱命。"

他长叹一声。

本才骇笑，人生被他形容得一文不值。

"早上起来，也是为了你，加乐，否则真不愿睁开双眼。"他说下去，"看着你一天一天进步，我心欢欣。"

翁丽间探头进来："同孩子瞎讲些什么？"又对女儿说："加乐，换衣服去见老师。"

离了婚，感情反而好转，语气、表情，都减少敌意。

保姆替本才换上蓝白双色的绒线裙，再替她穿上深蓝色大衣。

翁丽间打扮孩子的品味，同本才的母亲一样，不知怎的，觉得幼儿也要穿蓝白灰才好看，本才小时从来没穿过大红或是红，没想到加乐的遭遇完全相同。

本才穿上黑色漆皮鞋，跟着父母出门去学校。

校长出来接待。

"嗯。"她说，"真是一个特别的孩子，我已看过有关加乐的资料。"

本才静静坐着不语。

"不过，我们这间学校的学生全部与众不同。"她笑容可掬，信心十足。

老师走进来。

"加乐，江老师陪你参观学校设施。"

本才轻轻跟在江老师身后。

江老师年轻漂亮，声音动听："我负责教你语文数学，我们一对一，你说可好？"

本才随即想，这笔学费一定是天文数字。

"小息时你可与其他同学玩游戏。"

本才点点头。

"听说你不爱说话？"

本才笑笑。

"说得不好不要紧，慢慢讲，我们华人对口舌便给的人其实并无好感，夫子道：巧言令色鲜矣仁。又说：君子讷于言。"

本才笑了，江老师真可爱。

"你喜欢绘画？"

本才又点头。

"那好极了，在这里，你不会失望。"

小小课室，光线柔和，布置舒服。

"我们这里，有患自闭症但钢琴不学自通达到演奏级水准的学生。"

本才"啊"一声。

"也有对生活一窍不通至今不会扣衣纽的数学奇才。"

本才惊讶，真没想到有那么多同病相怜的孩子。

江老师说下去："不能用科学解释，简直像一个人的身体里有两个灵魂一样。"

本才呆呆聆听。

"还有一个女孩子，原籍美国田纳西，可是两岁时一张嘴就说马赛口音的法语，至今研究不到因由。"

本才眨着眼，嗬，全是小怪物。

今日的杨本才亦是其中之一。

"你们与一般孩子不同，有些方面输给普通人，可是，在其他方面胜过多多。"

本才抬起头来。

江老师问："我说的话，你都听得懂吧？"

本才颔首。

"没有经验的人，时时对天才手足无措，大意扼杀。"

本才不语，不会讲话有这个好处。

半晌，王振波出来了。

他悄悄问幼儿："喜欢这间学校吗？"

这次，本才连忙摇头。

"我也觉得气氛有些诡异。"

本才笑了。

"学校里怪人很多，可是加乐，我们不过是普通人，我们不用上这所学校。"

本才见王振波如此护短，不禁好笑。

"我们回家再从长计议。"

本才十分感动，王振波真是一名好父亲，事事替孩子设想，尊重小小人的意愿。

翁丽间在车中抱怨："你太纵容加乐了。"

隔了半晌，王振波十分低声说："我同你不宠她，还有谁会宠她呢？"

翁丽间还是听到了，泪盈于睫。

本才紧紧靠在他怀中。

"由我亲自来教加乐好了。"

没想到翁丽间赞成："今日许多北美洲的家长都申请在家教育孩子。"

"学校制度，并不适合加乐。"

"试一试吧。"

"我那张陈年芝麻教育文凭，也许还派得上用场。"

"唉，我俩都叫家族事业所累，学非所用。"

本才又觉可笑，人类的快乐不得完全，因为没有人会对现状满足，有父业可承继者居然抱怨，她身为天才也感到寂寞。

翁丽间轻轻说："记得我俩如何认识？"

王振波不回答。

忘记了，抑或不愿想起？

翁丽间说下去："高中时你替我补习数学，记得吗？"感慨万千。

啊，原来他俩历史那样悠久。

可是王振波一直不出声，静静把车子驶回王宅。

他接到一个电话，听完后喜悦地抬起头来说："加乐，儿童医院的壁画明日开始绘画，邀请我们参加呢。"

翁丽间叹口气："明日我需招待重要客人，你陪加乐吧。"

王振波只轻轻说："加乐，休息一会儿，我送你到何教授处。”

不，他俩不会重修旧好。

翁丽间出去后，本才好奇，轻轻走到她卧室张望。

哗，真是闺房，全白矜贵的家具衬蓝色与银色装饰，私人起居室及办公室连在一起，大窗对牢海景。

用人正在收拾床铺，看到加乐，笑说：“过来，坐下，看照片簿子。”

把照相簿交到加乐手中，再给她一颗巧克力。本才打开照相簿，第一页便是王氏伉俪的结婚照片。

而站在他们前面的，正是小加乐。

原来翁丽间之前已经结过一次婚，加乐是那次婚姻带来的孩子。

婚礼在外国一处大宅的花园里举行，气氛良好，观礼嘉宾不多，大概是十分亲近的朋友。

翁丽间穿着得体的乳白色套装，戴珍珠首饰，加乐则打扮得像小淑女。

两段婚姻都只维持了几年。

用人笑说：“加乐你老是沉思，到底在想什么？”

本才继续翻阅照片。

从照片中她得到他们一家三口生活点滴。

保姆找了过来："加乐，你在这儿。"

本才忽然想念自己的家。

她同保姆说："带我回家。"

不料保姆却听懂了："回家？这里就是你的家呀，真是傻孩子！"

本才不知多想回到自己的床上去睡一觉。

下午，到了何教授诊所，她写出来："教授，我想回家一趟。"

教授不动声色地问道："你家在何处？"

"梭子路十号。"

不错，这正是杨本才的住址。

小小孩儿怎么会知道？王加乐智力不高，连自家路名都未必说得出来。

本才写道："当初对这个路名一见钟情——日月如梭，光阴似箭。"

何教授隔半晌，不知怎的，也许因为震惊过度，也取过纸笔，写下："你真是杨本才吧？"

本才回答："是。"

"你有家里门匙？"

"有一把后备匙收在电梯大堂花盆里。"

何教授说："来，我们到杨家去。"

回到家楼下，本才感慨万千。

她伸出小小的手，在花盆底部摸到锁匙，与何世坤上楼开门进去。

何世坤一见地方那么明亮宽敞，便喝一声："不愧是艺术家家居。"

本才苦笑。

一抬头，发觉情况有变。

啊！墙上几幅名家版画全部不见了，被人摘下。

何世坤何等伶俐，马上问："不见了东西？"

本才点点头。

除了她，只有马柏亮有锁匙。

"是马柏亮吧？"何教授立刻得到结论。

本才看看空墙，一个个淡淡的四方影子，像是哀悼怀念失去的画，死亡的感情。

何世坤不忿："明明也是个世家子，怎会如此不堪。"

花费阔绰惯了，上了瘾，停不下来，不得不到处搜刮来花，没有人路，只得拐骗。

"我替你报警。"

"不。"本才写，"都是身外物，随他去吧，请罗律师叫人来换把锁就好。"

何教授叹口气："你说得很对。"

本才四处查查，打开衣柜，数一数衣物，全部无恙，她的画笔画纸草稿，都原封不动。

也许，在整件无妄之灾中，最大得益便是叫她看清楚了马柏亮为人。

那几幅版画出售之后，足够他喝一年上佳红酒了，以后如何？之后再说吧，马柏亮一定还有办法。

本才轻轻躺在床上，无比惬意。

"本才。"何世坤坐到床沿，"你打算怎么样？"

本才无奈地说："长大。"

何世坤笑了："真佩服你仍然维持幽默感。"

"教授，你是否有科学解释？"

"对不起，我没有。"

"以往可有类此个案？"

"我诊治过一个男孩子，自六岁起他就觉得他是五四时期

　　一个著名的诗人。"

　　本才纳罕："是想飞的那位吗？"

　　"正是。"

　　"哈。"本才笑，"果真不带走一片云彩。"

　　"他可以回忆到与女伴在欧洲古国赏月的浪漫情景。"

　　"结果呢？"

　　"他父母决定把他带到美国诊治。"

　　"失去联络？"

　　"是，那种个案，在心理学上，不过归类于妄想症。"

　　"啊。"

　　"最普通的症候，不外是普通人妄想自身是个美女，或是位作家，不算严重，比比皆是。可是，你显然是例外，有什么人会故意妄想她是个平凡的杨本才呢。"

　　本才一听，悻悻然跳起来："喂，谢谢你。"

　　何教授笑了。

　　"我也是个天才呢。"

　　"你是父母造就的天才。"

　　"什么？"

　　"真正的天才浑然天生，无须栽培，自然而然，做出他要做的事业，亦不觉任何压力。你那种，是所谓次等天才，由鞭策引导终于达到目的的一小部分。你觉得我的分析可有道理？"

本才目瞪口呆。

说到她心坎里去。

"而你也并不感激父母的一片苦心，可是这样？"

本才不语。

"世事往往如此，越是刻意经营，越是失望。"

本才叹口气，写下"水到渠成"四字。

"是。"教授说，"真正属于你的爱情不会叫你痛苦，爱你的人不会叫你患得患失，有人一票就中了头奖，更有人写一本书就成了名。"

本才低头不语。

"凡觉得辛苦，即强求。"

本才说："教授的话里都好似有个真理。"

教授笑了："来，我们回诊所去，这里叫罗律师来换锁。"

"值钱的东西早已搬空。"

"不见得，说不定有人会连家具电器都抬走，杨本才昏迷不醒，我们需好好照顾她。"

本才感动道："可是，我同你并不认识。"

"那有什么关系，路见不平，见义勇为。"

教授牵起她的手离去。

王振波在诊所一边等一边急得团团转。

看到何教授跌足："走到什么地方去了，也不留言。"

何世坤讶异道："这是为担心我的缘故吗，何其荣幸。"

"你是大人，我不担心。"

何教授立刻对本才说："瞧，是为着你呢。"

本才轻轻答："不，是为小加乐。"

王振波蹲下说："终于会讲话了，可是没人听得懂，加乐，加把劲。"

何世坤问王振波："辞去工作后，生活如何？"

"不知多充实。"

"不是真的。"

"世坤，你应该试一试，时间收为己用，不知多高兴。"

"你不觉浪费？"

"我正在车房做一具百子风筝，打算明春与加乐去公园放晦气，欢迎你来观赏。"

"王振波，你永远叫我惊讶。"

王振波说："明年春季，加乐便八岁了。"

本才颓然，不不不，她只想做回她自己。

在这之前，她从不觉得做杨本才有什么好，现在才知道，自己的灵魂住在自己的躯壳里，有多么舒惬。

"加乐，我们回家休息吧。"

傍晚，王振波有事出去，翁丽间在书房见客。

本才趁没有人，走进车房，看到王振波那只正在研制中的百子风筝，它被搁在宽大的工作台上，原来是一个个小孩的图像，用尼龙绳穿结在一起，足足一百个之多，放起来，宛如一条长练，一定漂亮得无与伦比。

两边还结有排穗、响铃，蔚为奇观。

本才爱不释手。

"原来你在这里。"

本才转头，见到翁丽间。

本才很想知道她的事，旁敲侧击是不礼貌行为，欲知究竟，不如直接问当事人。

她在长凳上坐下。

翁丽间走近坐在她身边。

她轻轻捧起女儿的小面孔，揉了一会儿，拥在怀中，呢喃道:"加乐几时陪妈妈聊天?"

做孩子所付出最沉重代价之一是要任由长辈们搓揉,脸颊与手臂都得奉献出来以供肆意揉捏。

本才发誓她若恢复自身,一定不再碰孩子们的面孔四肢。

孩子们也有肢体隐私权。

凭什么大人可以随意看幼儿洗澡?

还有,强吻更是常见行为,有无想过,实在过分无礼。

翁丽间忽然诉起苦来:"我同王振波不得不分手了。"

本才实在忍不住问:"为什么?"

翁丽间一怔,苦笑答:"连你都问为什么,不,我们不是一对好夫妻。"

她抬起头,想一想,说:"我俩经过太多,伤痕太深,加乐,大家都觉得牺牲得不值。"

本才恻然。

"我们认识之际十分年轻,毫无顾忌地恋爱,我俩二十四小时黏在一起,看不见对方就坐立不安,我对他说:'无论以后怎么样,我都不会再爱一个人,比爱你更多。'"

本才轻轻嗬一声。

那也不枉这一生了。

翁丽间笑道:"加乐,你好似听得明白呢。"

本才笑笑,不置可否,想知道得更多,唯一方法是只听不说。

"可是那样燃烧,是何等劳累伤身,最后还是分手了。"她掩着脸,"那年我二十岁,被送到美国读书,我过了极之散漫的一段日子。"

本才脱口说:"自暴自弃。"

"加乐,你说什么?"

翁丽间正想讲下去,用人推门进来:"太太你在这里,国牛银行黄经理来了。"

翁丽间只得站起来,苦笑说:"你看,加乐,现在我所做的主要工作,就是把钱搬来搬去,学五鬼搬运。"

本才骇笑。

她依依不舍地离开了那只百子风筝。

翁丽间刚开始讲她的故事,每个人都是一则传奇,本才愿意聆听。

原来一个户头的存款多到某一程度,银行会派专人上门侍候。

翁丽间吩咐这个那个之际,本才觉得乏味,便溜到园子外边散步。

保姆随即追出来："加乐，天气冷，快回来。"

她力气很大，硬是将本才拉进屋内。

本才挣脱，往楼上跑去。

保姆直追过来，抱怨道："加乐，你又疯了。"

本才生气，这才知道加乐受了多大委屈，因智力有残疾，她完全不能保护自己，随便谁派一个罪名下来，即可治得她服服帖帖，错的永远是她。

保姆用力拉她，本才反抗，用力一推，那保姆没料到，失足滚下楼梯去。

众人听到轰然巨响连忙跑出来查探，刚好看到保姆爬起来，面孔跌得青肿，嘴角更撞出血丝。

"太太，"她挣扎起身，"我不做了。"

不知怎的，本才有丝快意，她终于为加乐出了一口气。

翁丽间叹口气："加乐，这已是第三个被你推落楼梯的保姆，看，又得去找新保姆了。"

原来加乐并不软弱。

翁丽间牵着女儿的手说："你的脾气确是像我，这是你外公说的，翁家的人有两个特色：一是坏脾气，二是够聪敏。"

本才不出声。

"在你的世界里，你知道聪敏是什么一回事吗？"

可能加乐也什么都知道。

门铃响，进来的是罗允恭律师，本才刚想迎上去，却被阻止。

翁丽间讶异："我们并不认识，有什么事吗？"

"我们有个共同朋友何世坤。"

"是吗，何教授认是我的朋友？"翁丽间冷笑一声。

"我想见一见加乐。"

"加乐今日情绪欠佳，再者，你为何要见她？"

本才真想与罗允恭说几句，可是翁丽间拦着她不让她过去。

幸亏王振波刚刚在这个时候推门进来。

"什么事？"

罗允恭再一次说明来意。

王振波很简单地解决了此事，他转过头来问："加乐，你可想和这位阿姨聊天？"

本才连忙颔首。

王振波真好，他明白到孩子也有选择权。

翁丽间大惑不解："可是，她俩素昧平生。"

王振波把她拉出会客室，轻掩上门。

罗允恭凝视小孩，半晌，不置信地问："你是杨本才？"

本才坐在写字台后面，取过笔纸，写道："教授同你披露这件事？"

罗律师一看，脸色顿时苍白起来。

本才继续写："以后我们在教授处见面比较方便。"

"她一同我说，我实在忍不住马上赶了来。"

"看到你很高兴。"

这是真的，本才的声音由衷地热诚。

"慢着，你这孩子，说不定是宗恶作剧，又有可能受人指使，请你回答我三个问题。"

"可以。"

"第一个问题：我女儿几时生日？"

"令爱有两个生日，胚胎时曾剖腹取出做过修补横膈膜手术，放入子宫缝合后九个星期才真正出生。"

"我的天！"罗允恭震惊，"你真是杨本才？"

"其余两个问题呢？"

"上一次我为何与你吵架？"

"为着万恶的金钱，罗女士，我想搬家，你不允许。"

罗允恭痛心:"幸亏没答应你,你受马柏亮教唆,想与他联名添贵重物业。"

"其实我同他已经濒临分手。"

"哪里,你与他好得很呢。"

本才不想吵架:"第三个问题。"

"这个真的只有你一个人知道,去年你在纽约逗留一个星期,是否去做矫形手术?"

本才不得不承认:"是,我修窄了鼻尖。"

"嘿!"罗允恭像是逮住了什么似的,"一个天才艺术家竟会如此虚荣浅薄。"

本才瞪着她:"我何须向你或是任何人交代我的意愿。"

"我必须承认,大家都发觉你放假回来漂亮得多。"

两人沉默了一会儿。

罗律师终于泪盈于睫:"你真是杨本才,可是,究竟发生了什么事?"

本才万般无奈道:"我不知道。"

二人忍不住拥抱。

罗允恭说:"现在,你可以挨在我怀中聊天。"

"是,阿姨。"

这时，王振波探头进来："你们可要茶点？"

分明是来打探一大一小究竟有什么话可说。

罗律师顺口说："两杯威士忌加冰。"

"什么？"

罗律师连忙补充："我想喝上两杯。"

翁丽间在外头皱着眉头说："何世坤是怪人，同她有关系的人也全属异形。"

王振波亲自把两杯酒送进书房。

他一出去，本才便抢过一杯，喝一大口。

哗，快乐似神仙。

罗允恭说："本才，你还留在这里干什么，跟我走。"

"我不行，我现在是王家小女儿。"

"你并不姓王，你姓卫。"

"你怎么知道？"本才大吃一惊。

"我是律师，我手下有一队调查员。"

"说下去。"

"翁女士与卫君并无正式结婚，小加乐是私生女，直至王振波出面，但二人都没想到加乐会是智障儿。"

"那卫氏在什么地方？"

"无人知道。"

"可否寻访他?"

罗允恭反问:"找他做什么,加乐已有世上最好的父亲。"

"你说得对。"

"本才,让我向他们披露真相。"

"不。"

"为什么?"

"他们必定接受不来。"

"不接受也得接受。"

"不,他们一惊吓,会签名把我送到精神病院,你得为我设想。"

"那依你说怎么办?"

本才不出声,她苦无答案。

"在王家生活,直至十八岁成年?"

本才呻吟。

"你得想想办法呀,天才,平时你最多刁钻古怪的馊主意,把我治得头昏脑涨,现在为何沉默?再待下去,杨本才的肉身可支撑不了。"

"它会怎么样?"本才大惊。

"它此刻已经危殆，靠维生器支持，咦，你不是不知道。"

本才急出一身冷汗。

她取过威士忌一饮而尽。

罗允恭抱怨："你早应找我商量。"

这时，王振波推门进来："对不起，罗律师，我怕加乐累了。"

本才连忙掩着嘴跑出去，怕王振波闻到酒味。

下次，要喝喝伏特加，无色无臭。

王振波问罗允恭："你与一个孩子有什么好谈？"

罗律师叹口气："我不知如何解释。"

"加乐智力比不上一般孩子。"

罗允恭看他一眼，说："王先生，请尝试与她沟通。"

王振波送客人出去。

罗允恭转头说："你对加乐真好。"

王振波微笑："我喜欢孩子。"

"那么，应该添一打。"

王振波没想到陌生的罗律师会如此打趣他，但笑不语。

关上门，听见翁丽间冷冷地在身后说："都似白骨精见了唐僧肉。"

王振波诧异道："你也不应在乎。"

"我只是说出怪现象而已。"

他走进书房，取出支票，正想做账，忽然看到桌面一沓纸上有书写痕迹。

看半晌，才辨认出童体字写的是什么。

"他们必定接受不来。"

"会签名把我送到精神病院。"

地上还有纸团。

摊平一看，是"我何须向你或是任何人交代我的意愿。"

这是谁写的字条？

不可能是加乐。

也不会是罗律师。

王振波握着字条匆匆上寝室找孩子。

一推开门，发觉加乐睡着了。

他闻到酒气，这是怎么一回事？探近孩子的小面孔嗅一嗅，发觉加乐原来喝醉了。

他不由得生气，罗律师太不负责任，怎么给幼儿喝酒。

一转眼，看见加乐熟睡的面孔如小小安琪儿，不禁感慨万千。

一下子就长大了，不再需要照顾，孩子此刻缠得你发昏？好好享受，不消十年八载，她找到自己的朋友，接着结婚生子，想见她还得预约。

他做过十多年的工作狂，六亲不认，把所有不如意埋葬在公事里。

父母曾反对他的婚事，索性避而不见，与妻子意见分歧，不能冰释的误会也导致他一天十八个小时躲藏在公司里，迫不得已下班，立刻去灌酒。

是怎么样爱上这个孩子的？

一夜醉酒回家，独自呕吐，滑跌在地上起不来，妻子在外国办公，用人没听见他挣扎，王振波心灰意冷，躺在地上痛得不住呻吟。

正在绝望消沉，忽然听见小小脚步声朝他走来。

啊，是那小小智障儿，在门边张望一下，十分关切的模样，走近他，丝毫不嫌他脏，蹲下，轻轻抚摸他的脸。

是这一下救了王振波。

那只小手把他自万丈深渊里拉了出来。

接着，保姆找了过来："哎，加乐，你在这里，哟，王先生，你怎么了？"

他摔断了左手臂，上了一个月石膏。

自此之后，他有了新的精神寄托，老是刻意抽空回家看加乐，陪她玩一会儿，说几句话。

加乐在三四岁时如果静坐的话完全看不出毛病，渐渐就算不动，闲人也知道孩子有问题。

王振波十分多心，一见保姆稍微不耐烦，或语气略重，便即时解雇。

是因为他对这孩子的爱心，婚姻才名存实亡地拖下去。

他带着她访遍名医，结论完全相同。

只有在睡着的时候，她同普通的孩子一模一样。

他替孩子盖上毯子，回到书房去。

本才醒来之际，头痛欲裂。

平时酒量颇佳的她今非昔比，小小身躯已不能负荷超过一杯酒。

起床，洗了一把脸，凝视镜内的面孔，突发奇想，要是永远可以维持七岁时白皙滑嫩的皮肤就好了。

她走下楼去。

还没到楼下就听见银铃似的一阵笑声。

有点夸张，像是想对方知道，他的笑话令她有多么兴奋。

本才也是成年女性，当然知道这种笑声是一种轻微含蓄的挑逗，像果子汁，醉了也不觉得。

这是谁？

如此轻狂。

本才心中有一丝不悦。

她是怎么进门来的？人家妻女都在这座住宅里，几时轮到她来大声笑。

她走近书房，往里张望。

只见一个成熟高大硕健的女子坐在沙发里，一手托着头，一手拿着酒杯，意态撩人地看着王振波，脚上高跟鞋有一只脱下踢到一角，另一只吊在足尖。

她嘴唇鲜红，长发披肩，身段美好，略胖了三五磅[1]，更加吸引人。

王振波似与她极之熟络。

本才更加不高兴。

这究竟是谁？

忽然之间，那女子也发觉门外有人。

---

[1] 磅：英美制重量单位，1 磅合 0.4536 千克。

她一抬头，只看见一双亮晶晶的大眼睛。

"啊，"她友善地问："你就是加乐吗？"

王振波也说："加乐，进来。"

本才缓缓走进去。

那女子穿回鞋子，拨好头发，对牢加乐："你好吗，我叫陈百丰，是你爸爸的好朋友。"

本才近距离打量她，脸上没有一丝笑容。

那陈小姐疑惑了，这孩子的智力哪里有问题，一看就知道聪敏绝顶。

是以她再问一声："这就是加乐？"

王振波答："是，加乐，过来这边？"

本才老实不客气地坐到王振波身边。

为免太过敌意，她低头不语。

她的出现打断了银铃般的笑声以及有趣的对话。

陈百丰归纳一下谈话："再次见到你真高兴。"

王振波说："彼此彼此。"

"今晚早一点到。"

"一定。"

走到门口，王振波帮她穿大衣，她回眸对牢王振波一笑，才出门去。

奇怪，某些女子天生有这种风情，杨本才就统共不懂，不过，可以趁这个机会学习。

她跑回寝室去对牢镜子，学陈小姐那样，侧着脸，斜斜地看着人，丢下一个媚眼。

不像不像。

本才没想到她有个观众。

王振波刚走到门口，看到镜中反映，一个小小的漂亮女孩在做大人状，正挤出娇媚笑容。

他呆住了，像是偷窥到什么不应该看的景象，连忙缩到门后。

他十分震惊突兀，加乐实在是一个标致的小女孩，扮起大人，十分诡异，那神情妩媚动人，分明属于一个成年女性。

接着，他看到加乐坐下，掏出粉盒胭脂，化起妆来。

小女孩学大人化妆，也不是什么稀奇的事，有时把口红糊了一脸都有。

可是加乐的神情完全不似贪玩。

她小小的手握住粉扑，像一个精灵，细细抹匀了小脸，接着，又描上眼线与口红，整张小面孔忽然鲜明凸出起来。

王振波越看越讶异。

这不是小加乐，这是谁？

本才正在打扮自己，忽然觉得好似有人看她。

谁？

三

男朋友分两种，
跳舞一种，诉苦一种。

女佣笑着跑进来："加乐，你在玩妈妈的化妆品？上次折断妈妈所有唇膏，今日又顽皮？"

顺手取过纸巾，往她脸上擦。

嘴边犹自咕哝："好好的化什么妆，十八岁也不必用到这些脂粉。"

本才喂喂连声，却无人理睬。

她被带进房中换衣服。

王振波这才缓缓走进来。

女佣提醒说："加乐看医生的时间到了。"

王振波忽然对加乐陌生起来："准备好了吗？"

加乐点点头。

他轻轻说："今晚，我有一个约会。"

是同陈百丰小姐出去吧。

不知怎的，王振波竟向小加乐解释起来："我希望恢复正常社交生活。"

本才看着他。

"你不反对吧？"

本才不出声。

"看得出你一时不喜欢陈百丰。"

女佣走过看见笑说："王先生真好，什么都同加乐说，也不理她懂不懂。"

加乐瞪女佣一眼，女佣觉得那眼光寒冽冽，不由得噤声退出。

王振波轻轻说："这种事慢慢再说，我先送你往教授处，记住，回来我们上算术课。"

在何教授的办公室，本才诉苦："送来送去，叫你去何处便去何处，一点自由也没有。"

何世坤微笑："许多女子梦寐以求这样的生活。"

本才用手捧着头："从前，我也有社交生活，现在，那些人都跑到哪儿去了？"

"你不在，便找别人，有什么稀奇。"

本才抱怨："太没有人情味。"

何教授说："我在你家取了电话录音带来。"

"让我听。"

"可以。"

教授将录音带放进机器。

"本才，明早一起吃早餐游泳。"是马柏亮的声音。

"本才，"又是他，"廖家打算在农历年到碧绿海岸度假，邀我们同去，自费，但有伴。"

"杨本才小姐，我们是汇丰银行，你的支票户头超支，请尽快与我们联络。"

"杨本才，"是罗允恭极不耐烦的声音，"你如此花费，不到二十八岁就得睡到街上去，速速复我。"

本才笑出眼泪，忽而觉得像是听着前生的事，不禁又悲凉起来。

接着，是一个温柔肯定的声音："本才，这是殷可勤，我的封面画得怎么样了？十五号是死线，书即将出版，作者想看你的设计。

"本才，有什么困难吗？大家可以商量，等着你交稿。

"本才，为何避而不见？请复。"

然后，阿殷的声音不再出现，大概已经知道了噩耗。

本才用手掩着脸。

"我这就去找殷编辑。"

"且慢，一个小孩子，独自走街上，多么危险。"

"我欠她习作。"

"太迟了，看到没有，凡事拖到无可再拖，一定会有遗憾，你为什么不早做妥？"

录音带上忽然传来一个陌生的男声。

"本才，我应该早些与你联络，现在，太迟了，我懊恼到极点。"

这是谁？

声音中的哀伤真实感人。

"本才，今天我到医院看你，你不认得我，你完全没有反应。"

本才还是不知道他是谁。

这时，何世坤微笑："看样子是你的某个秘密仰慕者。"

本才脱口问："你叫什么名字？"

"我打这个电话，目的是再听听你在录音机上的声音：'请留言，我会尽快复你。'"

这人是谁?

本才忽然想起来,会是那个留下诗集,叫执成的人吗?

"我叫刘执成,醒来的话,请电三五四七八。"

本才嚷:"我并不认识这个刘执成。"

"没想到你那么粗心,身边有那么一个人,都不加以注意。"

本才不语。

教授咳嗽一声道:"本才,我有一事与你商量。"

本才不疑心地顺口说:"请讲。"

"你见过罗允恭律师了。"

"是,她认出是我。"

"那多好,本才,我与她商量过,如果你愿意的话,当然,必须你百分百同意才可行。"

本才开始觉得事情有严重性:"是什么事?"

"本才,我们联手做一件事可好?"

语气刻意地温柔,一听就知道有特别要求,她是心理学家,一开口,自然有分寸。

可是本才也有第六感,她忽然之间警惕起来,全神贯注应付。

"本才,我与罗允恭商量过,发生在你身上的事,如果可以公开，可真的会震惊社会。"

本才一听，一阵凉意自头顶传到背脊骨。

"罗律师有足够专业的知识帮你处理往后事务，我将全力证明你的个案百分百真实。"

本才双手颤抖，连忙藏到身后。

是要把她当怪物展览吧，像马戏班中的胡须美女、双头怪婴、侏儒矮人。

"本才，我已有理论，一公布当可扬名国际。"

何教授的声音开始有点激动。

本才表面上不露声色。

她不能再吃眼前亏。

不久之前，还以为何与罗都是她的朋友，会陪伴着她渡过难关。

她呆着一张脸，动都不敢动。

原来都只想伤害她来图利。

"本才，你觉得怎么样，公开后说不定会找到医治还原的方法。"

本才逼不得已"嗯"了一声。

"女人不帮女人，那还怎么说得过去，与其静静蹲在一个幼童的身体内，不如做些新闻。"

本才知道情况凶险，非得沉着应付不可。

她清清喉咙说："这件事，还须从长计议。"

讲了这句话之后，自己都吃一惊，声音清晰，较以前进步得多。

可是何世坤紧张过度，竟没有发觉。

"本才，我会把计划书给你参考。"

她想借杨本才出名，因渴望过度，唇焦舌燥。

"我累了。"

"明天再说吧。"她故作轻松。

这时翁丽间推门进来："加乐，今天怎么样？"

本才如看到救星一般，立刻走到她身边，紧紧握住她的手。

"你想回家？"

本才点点头。

翁丽间本来就对何教授冷淡，即时带着加乐离去。

何世坤还在身后说："加乐，明天见。"

走到电梯大堂，本才已经呜咽。

翁丽间问："加乐，是怎么一回事？"

本才又惊又怒，号啕大哭。

"有人欺侮你?"

本才忙不迭点头。

翁丽间紧紧拥抱女儿:"不怕,我们以后永远不来这个地方就是了。"

没想到原先的头号敌人反而是她的庇护神。

本才觉得非常失望,世人完全不值得信任。

她的神情呆滞,坐在车中,不知如何挨过这个童年。

好不容易到了家,王振波似有预感,早站在门口等她们。

离了婚反而比从前亲近,真是异数。

翁丽间立刻把加乐哭诉的事告诉他。

"说,加乐,谁欺侮你,是谁欺侮你还是打你?"

本才为着保护自己,连忙做了一个推的手势,跟着,她很害怕地钻到角落。

是,撒了谎,可是实在是逼不得已。

翁丽间说:"振波,你去问个究竟。"

王振波沉吟半晌:"以后不去也就是了。"

翁丽间怒道:"都以为护理人员至有爱心,全是误会。"

王振波蓦然抬起头来:"也有例外。"

"谁?"

"我们不可忘记杨本才。"

"啊，是。"

本才听见他们说起她，黯然神伤。

"杨小姐可有进展？"

"肾脏功能正在衰退。"

翁丽间用手掩着嘴："那样一个好人……"

本才回到房间，取出她唯一的工具——颜色蜡笔，以及一本拍纸簿。

她还欠殷可勤三个封面，非要做出来交稿不可。

画好了，她自有办法交出去，是，通过打印机传真。

她忙至深夜，王振波巡过，本才连忙收起封面。

王振波说："加乐，你还在画画，医院的壁画也等着你去添上颜色呢，快睡吧。"

还没等本才钻上床就熄了灯。

怪不得孩子们日等夜等就是等成年可以争取自主权。

清晨是王宅最静的时刻，用人都要到七点多才起床，整间屋子都属于本才一个人。

她五点多就起来，把昨晚画妥的封面再收拾一次，然后走到书房，静静将作品传到出版社。

然后，她静静坐在窗前，看太阳升起来。

那日没有下雨。

她听到身后有脚步声，本才回头看，是王振波起来了。

本才微笑。

王振波站在她身后不出声，过了很久，他轻轻说："不如趁现在，把真相告诉我。"

本才一怔，呆呆地看着他。

王振波已经梳洗过，穿着便服，浑身散发着药水肥皂的清香味，他凝视本才。

"你不是小加乐，你到底是谁？"

本才十分紧张，握着拳头："你是几时发觉的？"

"你出院不到几天我就觉得不对。"

"你观察入微。"

他试探地问："你可是杨小姐？"

"是。"

虽然是意料中事，王振波也忍不住双手颤抖："这事是怎么发生的？"

本才悲哀地说："我也想知道。"

"还有什么人知道真相？"

"你的朋友何世坤教授及我的朋友罗允恭律师。"

"啊，朋友。"

"是，她俩正密谋出卖我的故事。"

"我知你一向低调。"

"王先生，自幼我被视为一个天才，惹人注目，我实在不想再出风头。"

"加乐呢，加乐可是在杨本才的体内沉睡？"

"可能是，可能不是。"

"可怜的小加乐。"

"有你那样爱护她，加乐也不算很可怜。"

王振波看着她闪烁的大眼睛，说："杨小姐，我家的事，相信你已经了解得七七八八。"

本才说："王先生，希望你保护我。"

"你放心，我不会让你离开我的视线。"

身后有声音传来："加乐，你在楼下？"

本才轻轻说："暂时请代我保守秘密。"

王振波点点头。

翁丽间进来："加乐，我有急事要到东京去几天，很快回来。"

本才有点不舍得，过去握住她的手。

翁丽间安慰她："在家很安全，不用怕。"

她上楼去收拾行李。

本才这才缓缓地问："昨晚的约会可热闹？"

王振波一怔，不知如何回答。

她提醒他："那位陈小姐，好像同你很熟。"

王振波还来不及说什么，本才已经一溜烟跑掉。

下午，他们送翁丽间到飞机场，回到家，用人说："有一位殷小姐，一定要等你们回来。"

本才一听就知道是什么人。

她轻轻走进会客室。

殷可勤站起来："是王先生吗？"

王振波："我们好像不认识。"

"是，这件事有点复杂，我到府上来，是找一个人。"

王振波看加乐一眼，说："请坐，慢慢说。"

"今早我一回公司，便收到杨本才的作品，稿件传真过来，经过彩色打印机，纸张左上角清晰地印着府上电脑的密码。"

王振波不出声。

"这张封面分明由府上传到我处。"

王振波答："的确由我交给你的出版社。"

殷可勤纳罕地说："你认识杨本才？我从来没听她提起过你。"

王振波笑笑："也许，我不值得她说起。"

"为什么到昨天才把封面交给我？"

"因为事忙延迟，请你原谅。"

"还欠两张呢？"

"画好了一定立刻交上。"

殷可勤跳起来："你说什么，她此刻如何工作？"

王振波显然不擅说谎，连忙掩饰："找到了立刻交给你。"

殷可勤看着他："有很多事我不明白。"

王振波不出声。

本才暗暗说："殷可勤，多谢你关心。"

"我们很担心本才，每天都有同事轮流去探访她，王先生，你究竟同她是什么关系？"

王振波看着加乐说："好朋友。"

殷可勤说："本才无亲无故，现在躺在医院昏迷不醒，王先生，希望你多予支持。"

"是。"

"我们刚收到消息，本才的男朋友马柏亮定在下个月结婚。"

马柏亮。

本才对这个人已没有什么印象，她已再世为人。

"女方是一位汤巧珍小姐。"

嗬，他们竟碰在一起了。

"本才出事才一个月不到，男朋友便掉头而去，我们十分齿冷，替本才不值。"

本才走过去，轻轻拉拉殷可勤的衣袖。

可勤正拭泪，看到小孩走近，不禁说道："成年人的世界孤苦残酷，不长大也罢。"

她站起来告辞。

王振波送她到门口，她走了。

本才喃喃道："老好可勤。"

王振波说："我替你去买材料画封面。"

本才笑："你又不知买什么。"

"那么一起去。"

店员见了他们迎上来："这边有大量儿童绘画器材，我们新到有一种颜色铅笔，干湿两用，可蘸水当水彩，非常受小朋友欢迎。"

他们两人咿咿诺诺。

本才选择了一些简单的材料。

正预备离开，迎面来了一个十岁左右的小男孩，目不转睛看着本才。

过片刻，他问："你是王加乐？"

本才一怔："你是谁？"

小男孩略觉失望："我是司徒仲乐，你不记得？"

"我们是同学吗？"

"不，六月乘邮船去北欧，我们天天坐同一张餐台上吃饭，记得吗？"

本才连忙点头："记得记得。"

小男孩笑问："你最近怎么样，还像以前那样哭闹吗？"

本才居然这样回答："我现在好多了。"

答毕，连自己都觉得好笑。

"加乐，有空可以找你一起去科学馆吗？"

本才说："好呀。"

"那么，我打电话给你。"

"你有我的号码吗？"

"上次已经记下来，咦，我姐姐叫我，我要走了。"

本才松口气，转过头来，发觉王振波正笑嘻嘻地站在她身后。

"你也不替我解围。"

"怎么好打扰你同男朋友叙旧。"

本才笑得几乎落下泪来。

"那小孩气宇不凡，值得长线投资。"

"我与你完全有同感。"

本才又笑了，不能哭，也只能笑。

走到柜台，本才说："对不起，我身边并无一文。"

王振波欠欠身："怎可叫女士会钞。"

这真是早已失传的美德。

本才在钱财方面一向疏爽，否则也不会让马柏亮有机可乘，以前她觉得谁结账都不要紧，现在荷包空空，才知道有钱的好处。

以后可得加倍小心了。

"你真想逛科学馆吗？"

"我同加乐不久之前才去过，她爱煞那巢蜜蜂，我们也时时去海洋馆看海豚及太空馆找和平号。"

"我怎么一点也不知道？"王振波讶异。

本才微笑："你太忙了。"

"我得再一次多谢你。"

"加乐与你，其实没有血缘。"

王振波讶异道："你认为那重要吗？"

"不，无关紧要。"

"很高兴我们在这方面获得共识，来，去吃顿饭庆祝。"

王振波挑他相熟的法国馆子，本才几乎茹素，只选一汤一菜，慢慢吃。

刚好邻座也有一个七八岁女孩，不住躁动喊闷，她母亲抱怨："嘉嘉，你看隔壁那女孩多乖，斯文秀丽，一动不动。"

本才听了，只觉好笑。

不知是哪个医生说的，小孩若坐在那里不动，警惕！肯定有病，需即时检查。

她静，因为她不是小孩。

"吃什么甜品？"

"我节食。"

"你才七岁，可以随便吃什么。"

这是真的，苦中作乐，本才一口气点了好几种甜品。

邻座那母亲惊讶不已："听，人家还会说法文。"

她女儿动气："人家人家，我不是人家。"

王振波微笑："有一个天才女儿，感觉不错。"

本才听到"天才"二字会打冷战。

"告诉我关于你的事。"

本才说："我？只记得从来没有童年，一直过着成年人的生活。"

"父母呢，是否已经不在世上？"

本才隔一会儿方说："是。"

王振波看着她。

"在那之前，我已正式遵循法律途径与他们脱离关系。"

"为什么？"王振波大奇。

"做他们的女儿压力实在太大，无论如何努力，还是做得不够好，完全没有透气空间。"

"你这样做，必然伤透他们的心。"

本才不出声。

"不过，你还是承继了遗产。"

"以及罗允恭律师，父母极顽强地继续控制着我。"

她无奈地笑。

客人相继离去，只剩下他们这一桌。

王振波不得不结账。

回家途中，本才说："真没想到马柏亮会那么快结婚。"

这里边，似乎有个误会。

本才亦不好意思说出来：汤巧珍又无妆奁，马柏亮怎么会看中她。

片刻王振波说："不过不怕，你现在有司徒仲乐。"

没想到他那么会打趣人。

本才也问："那位陈百丰小姐呢？"

"我今晚与她有约。"

本才不语，真是自讨没趣。

晚上，王振波换上西装外出赴约。

很普通的西服穿在他身上看过去无限舒服熨帖，他手中拿着一束小小玫瑰花球。

本才站在楼梯回旋处往下张望，倾心地凝视他。

假使她是受花人，那该多好。

电话响了，一定是女伴来催，果然，他说了几句，匆匆出门。

本才寂寥地坐在那个角落良久。

大人总有大人的事，怎可一天到晚陪伴孩子。

本才一向会独处，她缓缓站起，回到房间作画。

新来的保姆很会养精蓄锐，没有人唤她，她索性不出现。

本才乐得清静。

用人听过好几次电话，都是何教授来找。

"对不起，何教授，只得加乐在家，叫她听电话？加乐不懂得讲电话。"

多好，什么都不会，免却多少烦恼。

"叫她到你的诊所来？何教授，保姆不是已经同你联络过了吗，加乐需同父亲外出旅游，暂停诊治。"

何世坤在那边又说了些什么。

"你此刻过来看她？何教授，时间已晚，我们不招呼客人了，再见。"

用人索性把电话接到录音装置上，她下班了。

本才继续画她的封面。

她有灵感，运笔如飞，笔触变得单纯清澄，画风像孩子般天真清晰。

本才从来不觉得自己有绘画天分，直至现在。

她得心应手，痛快淋漓地完成作品。

画还没有干，她把画放在书桌上，呼出一口气。

有脚步声上楼来，本才看钟，原来已经十一点多。

王振波回来了。

他手中挽着外套，一边解松领带，本来疲倦的脸容看到本才忽然笑起来。

"你看你，面孔上沾着颜料。"

本才去照镜子，连忙用湿毛巾擦干净。

"像个小小印第安土人。"语气充满爱怜。

本才看着他笑："约会进行得愉快吗？"

他身上有烟酒味，隐隐尚有香水味，显然颇为尽兴。

王振波不回答，他走过去看本才刚刚完成的画。

"啊，"他说，"真是美丽的作品，感觉充满希望。"

他很懂得欣赏。

过片刻，他说："我根本不喜欢晚宴。"

本才一怔。

"为着避免晚上对牢一段不愉快的婚姻，故意避开，到了主人家，立刻走进书房，躺到沙发上睡大觉，直到宴会结束。"

本才睁大双眼，竟那么自若。

"有时睡到天亮，劳驾主人叫醒，直接上班。"

"太太怎么想？"

"她也不在家，两人皆不知所终，彼此不追究，不了了之。"

"真可怕，"本才双手掩到胸前，"听了，没人敢结婚。"

王振波憔悴地笑："也有成功的例子，老先生老太太金婚纪念，手拉手，恩爱如昔。"

本才怀疑："总也吵过架吧。"

"那当然，可是仍然在一起，才最重要。"

"你好似很寂寞。"

"是，我可以看到三十年后的自己：一间空屋，三辆跑车，就那么多。"

本才笑着给他接上去："还有许多年轻美貌但是不甚懂事的女友。"

王振波正想抗议，保姆进来讶异地说："加乐，你还不睡觉？王先生，你也该休息了。"

王振波与本才都笑起来。

王振波搔搔头："许久许久之前，我坐在小女友家里聊天，伯母也是这样催我走。"

"那少女可美？"

"像个安琪儿。"

"现在还有联络吗？"

"早就失去影踪。"

"那也好，永远留一个好印象。"

保姆又探头进来。

王振波："记住，明早我们要去儿童医院。"

"是。"

他走了，忘记拿走外套。

本才走过去，轻轻拎起外套袖子，略为摇动，袖子上有极浓郁香味，像那种印度的琥珀树脂，一小块，放镂空木盒内，立即香遍全室，令人迷醉，心神轮回。

是哪个艳女用这种香水？

本才睡了。

辗转反侧，不能入寐，直至天亮，有人推醒她："加乐，该梳洗出门了。"

她睁开双目，娇慵地问："时间已届？"

叫她的是王振波。

"是，已经八点了。"

保姆进来帮她梳洗穿戴。

考究的童装同大人衣服一样，层层叠叠，最后，给她戴上帽子，穿上大衣。

王振波在门口等她。

看到她下来，微笑站起来："小姐可以出门了。"

本才打一个哈欠。

她根本没睡足。

做成年女子那么久，永远挨饿，因为节食，永远渴睡，因为昨宵不寐。

她惺忪地登上车子，随着王振波出发。

到了医院，迎接他们的人竟是汤巧珍。

王振波仍然很客气："今天虽有阳光，可是特别清寒。"

汤巧珍却问："收到我的结婚请帖没有？"

"恭喜你。"

汤巧珍微微笑："缘分来时挡都挡不住。"

本才静静看着她，汤老师你要小心，抑或，叫马柏亮小心？

王振波说："我们想先去探访杨本才。"

汤巧珍说："一会儿见。"

本才推开病房门，看到自己躺在床上，感觉奇突，无限依恋。

她走过去，轻轻伏在躯壳之上。

看护过来说："加乐，别压着杨小姐。"

本才看到她身上有溃疡，大吃一惊。

看护叹口气："这是疮，长期卧床，在所难免。"

本才泪盈于睫。

"她本身一无所知，并无痛苦，亲友替她难过罢了，一位年轻人天天来陪她，必然是情深的男朋友。"

谁？

"他叫——"

本才脱口而出："刘执成。"

看护惊异："你怎么知道？"

只是，本才的记忆中，完全没有刘执成这个人，他到底是谁？

"天天来，真不容易，"看护说，"所以，我有第六感，杨小姐会有痊愈机会。"

好心人还是很多。

汤巧珍来催："时间到了。"

她看了看杨本才，放下一张白色请帖："虽然你不能来，可是我希望得到你的祝福。"

本才冷冷地看着她。

只听得她轻轻说："马柏亮相信我领取了一笔遗产。"

本才吓一跳，这种谎言迟早拆穿，毫无益处。

汤巧珍忽然笑了："可是他不知道遗产只得数十万。"

本才既好气又好笑。

"我渴望归宿，"她转过头来对小加乐说，"你不会明白吧。"

那边王振波过来说："时间不是到了吗？"

"王先生，有一件事我需要坦白。"

"请说。"什么事那么严重？

"加乐折骨那次，早上，她在护理院曾经摔跤。"

王振波沉默，过片刻他说："为什么没有即时通知医生及家属？"

汤老师回答得真正坦白："我怕上头谴责，一点点薪水，功夫又吃重，我实在不想再听教训。"

王振波忽然说："我明白。"

汤巧珍吁出一口气："你永远懂得体谅人。"

"只是加乐很吃了一点苦。"

"当时我没有察觉她伤势严重，对不起。"

"事情已经过去了。"

"我非常渴望脱离这个环境。"

"祝你成功。"

本才把一切都听在耳中。

汤巧珍走开之后，王振波问："你生气吗？"

本才摇摇头。

"你代表加乐原谅她？"

"是。"

"那么，我们去画画吧。"

本才没想到场面如此热闹，医生、护士长、护理院里小朋友及家属都到了，还有一大堆记者。

本才见了颜料及白壁，说不出地高兴。

护士长致辞："壁画由杨本才小姐义务设计，她虽然不能亲自动笔，但是由她所爱护的小朋友们来完成这幅壁画，相信她会一样高兴。"

大家热烈鼓掌。

墙壁上已用铅笔勾出原稿，并且注明颜色。

小朋友们一拥而上，取起画笔，便动起手来。

本才退后两步，端详墙壁，她上前调好颜料，忽然用力挽起锌桶，爬上扶梯，然后将颜色朝墙壁泼去。

众人惊呼。

淡蓝颜料顺地心引力流下，看上去就似一挂瀑布，孩子们大乐，拍手欢呼。

这时，本才身上也沾了不少颜色，她笑了。

这是自从她做王加乐以来第一次发自内心地笑。

电视台记者一边报道一边说："孩子们的创作力量不容忽视，而且最重要的是，看，他们多么开心，欢乐气氛感染了每一个人。"

家长忍不住上前参与，在那一刹那，护理院所有学生同正常儿童并无两样。大家画得筋疲力尽才收手。

来时打扮得似小公主般的王加乐现在看上去也的确像个小小艺术家，连头发上都纠缠着颜色。

她对王振波说："还你一点颜色。"

王振波转过头来："给我看颜色？"

两人相视而笑。

王振波说："假使父女之间感情真的如此融洽倒真是好事。"

本才说："你年龄不足以做我父亲。"

"之前我并没有把你看仔细，你二十余岁吧？"

本才笑笑，不予回答。

"事实上，已经很久没有与异性谈得那样投契了。"

"陈百丰小姐呢？"

王振波但笑不语。

本才有点惆怅，他们谈的及做的，也许是另外一些事情。

回到家，何世坤教授又来催人。

王振波正式把她推掉。

"世坤老是想成名。"

本才颔首："教授成千上万，名教授又是不同，所以非得发表一些惊世骇俗的论文。"

"你愿意与她合作吗？"

本才退后一步："我最怕众目睽睽。"

"看，有资格出风头的人根本不稀罕。"

"恐怕要教何教授失望了。"本才叹一口气，"真想回到自己的身体里去，你明白吧，熟悉的四肢肌肤，可以自在地运用……我发誓不再抱怨胸脯不够健美，或是双腿有欠修长。"

王振波只能骇笑。

"虽然加乐的身躯长大后肯定是个美女，但，金窝银窝，还不如自家的狗窝。"

"本才，你有无想过，你无故添了十多年寿。"

本才摇手："哦哟哟，很难讲，也许王加乐不如杨本才长寿，你说是不是。"

"本才，你是一个有趣的女子。"

"不再可爱了，我的财产都抓在罗允恭律师手里，来，把这些完成的封面给我送到出版社殷可勤处，叫她预支稿酬，付现金。"

王振波笑了。

第二天，他亲自陪本才到出版社去。

本才感慨万千。

以前来的时候，目不斜视，匆匆交出作品马上离开，她不想在工作地方流连，以免是非多多。

本才怕人，也怕闲言闲语。

今日，换了身份，才能自由自在地参观。

殷可勤迎出来。

"我头都白了，"她对王振波苦笑，"有一本书自去年二月追到今年十月，年年都说年底交稿，唉。"

本才笑。

殷可勤纳罕："小朋友，你笑什么？"

杨本才把封面交给她。

"你们从什么地方找到这些作品？"殷可勤惊呼，"而且水准这样优秀。"

本才很高兴。

殷可勤忽然扬声叫："执成，执成，你请过来看。"

本才愕然。

执成，刘执成，原来是出版社同事。

噫，得来全不费工夫，这次终于可以一睹庐山真面目了。

本才火眼金睛似的等待那个年轻人站出来。

她有点紧张。

可是秘书前来说："刘执成不在。"

"去了何处？"

"每天这个时间，他都到医院去看杨本才。"

本才发呆，啊，他去看她，所以她才看不到他。

多么奇怪而不能置信的一件事。

她开口问："他坐在哪个房间？"

殷可勤看看她："加乐你真有意思，请随我来。"

推开一间小小工作室房门，杨本才看到了神秘人刘执成的办公室。

地上有一双破球鞋，四处堆满了书本画册，墙上挂着背囊风衣，工作台上全是设计，貌似杂乱，其实甚有条理。

然后，本才看到了一样叫她感动的东西。

是一只小小银相架，里边不经意地镶着一张小照，是一男一女的合照，女的是杨本才，男的一定是刘执成。

照片是出版社同人不知在几时拍摄的团体照，他把他们二人的剪了出来镶好。

照片中的刘执成长发，留胡髭，根本看不清楚面孔，不过，一双眼睛倒是炯炯有神，热情、不羁、活泼。

他与王振波的文质彬彬完全是两回事。

这个人会是杨本才的秘密仰慕者吗？

殷可勤在一边说："不像老板可是，我们很幸运，刘执成一点架子也无。"

是老板？

这么说来，杨本才也算是他的伙计。

可是她竟对他一丝印象也无，由此可知，在生活上她糊涂到什么地步。

天才同白痴仿佛真的只有一线之隔。

这可能是杨本才与王加乐相处奇佳的原因吧。

刘执成的工作台上什么都有：各种贝壳、小白玉摆件、锁匙、信件、茶杯……

同王振波的井井有条亦是两回事。

只听得殷可勤说："这人平时直爽可爱，可是也有口难开的时候。"

本才静静听着。

"他喜欢杨本才，可是不敢声张。"

本才睁大双眼。

"听得本才要来出版社，便紧张莫名，大家看在眼内，只觉可笑。"

王振波也听见了，忍不住说："有这种事？"

"是。"殷可勤说，"本才出事后，他十分憔悴，事实上我们都为本才担心。"

本才想都没想过她真正的朋友会在这里。

殷可勤说下去："本才并非骄傲，天才艺术家嘛，不大留意身边的人与事。"

本才十分感激殷可勤，她真了解她。

"我们希望她早日苏醒。"

本才正想去握住她的手，可是殷可勤接着又说："在商言商，杨本才画封面的书总是吸引读者，可多销二十五个巴仙^[1]。"

本才讶异，她从来不知道这件事。

"谢谢你替我们送来这两张封面。"

"不客气。"

接着有许多人与电话找殷可勤，王振波站起来告辞。

直到他们离开出版社，刘执成始终没有回来。在车上，王振波打趣道："意外收获。"

本才摇头："不是我的类型。"

"女孩子都不切实际地喜欢温言软语的家伙。"

"是，我们无可救药。"

"为什么？"

本才笑道："我不知道，也许，为着耳朵受用。"

"最后，那些人会欺骗你们。"

本才笑意更浓："不要紧，有时，我们也害人。"

王振波既好气又好笑。

转头一看，只见一个七八岁女孩秀丽的小脸上露出无比狡黠的神情，似个人精，既诡秘又可爱，叫他说不出话来。

---

[1] 巴仙：东南亚一带的华人用语，普通话称为"百分之"，由英语的"percent"音译而来。

他忽然明白，为什么有些中年男人喜欢极之年轻的女伴，就是为着追求这一点鬼灵精吧。

"请保护我。"

"我一定会照顾你，直至你不需要我为止。"

"王加乐真幸运。"

"你呢？"

本才无奈道："我现在就是王加乐。"

"有什么心得？"

"平跟鞋真舒服，做孩子不必经济实惠，还有，我连功课都不用做。"

本才笑了。

她同王振波说："到医院去看刘执成可好？"

他立刻用车上电话同医院联络。

"刘执成刚刚走。"

本才不语。

"你要见他，也很容易，可以随时约见他。"

本才摇摇头，这件事，还需三思。

回到家，她翻阅那本十四行诗。

没有多少人可以站在一旁那样冷静客观地看自己的生命。

第二天，她与其他小朋友会合，教他们画壁画。

她当然懂得指挥众小孩。

"你这样握笔，在这里描上黑色线条。"

"橘黄是黄色加一点点红色，是秋日叶子的颜色。"

孩子们像在上画画课一样。

护理人员讶异："加乐，你像小队长一样，真了不起呢。"

小息时他们一起喝果汁吃三明治。

本才做起她的本行当然兴致勃勃，正起劲地把颜料搬到近墙壁处，发觉身边有一个高大的黑影。

本才暗叫一声不好。

抬起头，发觉那人是何世坤教授。

她找上门来了。

只听得她冷笑一声："杨本才，你想避开我？"

本才身段只到她腋下，好汉不吃眼前亏，立刻退后一步。

"你这个怪物，我非揭露你的身份不可，你以为躲在小童的身躯内就可以为所欲为？"

本才没料到何世坤会如此动气。

"你可是趁机霸占着王振波？"

啊，原来如此。

她已经失去过他一次,她认为今日又一次败在别人手下,一道气难下。

地狱之毒焰还比不上妇人受嘲弄的怒火。

本才害怕。

她完全不知道如何应付这种场面。

只见何世坤伸手来捉她。

危急间本才忽然想起她是一个小孩,幼儿的看家本领是什么?

她立刻尖叫起来,接着摔开何世坤的手,大哭大叫。

护理人员马上奔过来,大声喊:"你是谁,怎么闯进私人范围来,你为什么难为小孩?"

其他的孩子一见本才哭,也接着哭闹成一团。

气氛大为紧张。

何世坤震惊,刹那间清醒了。

她在干什么?

穿制服的护卫人员已经围上来,搞得不好,她会身败名裂。

趁还能抽身,速速退下为上。

她一步步后退,一溜烟走脱。

众人为着保护一班弱智小孩，也不去追究她。

本才喘口气，好险。

幸亏是孩子，若是成年女子，脸上恐怕早就挨了一巴掌。

可是，小朋友们的情绪已经大坏，绘画习作只得中断。

王振波接本才回家时听到消息，不禁生气。

"还亏得是一名教授。"

本才犹有余悸："一个女人，是一个女人。"

"我打算叫律师追究。"

"算了，别追着打压一个人，物极必反。"

王振波不语。

"翁丽间怎么还不回来？"

王振波更加沉默。

本才奇问："有什么是我不知道的吗？"

半晌王振波答："她有男朋友在那边。"

啊，他们的世界真复杂。

"也许，在他那里，她可以得到若干安慰。"

"你见过那个人没有？"

"没有。"

"你怎么知道他存在？"

"总有蛛丝马迹。听完电话，忽然笑了，买一条鳄鱼皮带，并不是送给我的，到很奇怪的地方像是里约热内卢去办公事，化妆永远整齐似期待有事发生……"

本才恻然。

"与她说话，十句有九句听不见，精神飘忽，对加乐异常生气。"

看样子是有心要埋葬过去，重新开始。

本才担心："那男人会骗她吗？"

"看，连你都焦虑了。"

本才有点不好意思。

"生活总有风险。"王振波说得有点幽默。

他是真的丢开了。

本才问："妻子有男友，初初发觉的时候痛苦吗？"

王振波不出声。

本才立刻知道唐突："对不起。"

王振波微笑道："没关系，我愿意回答，很奇怪，每个人的想法不同，面子对我来说并非那么重要的事，我反而觉得轻松，她终于找到另外一个人承担她的感情了。"

本才怔住。

像陌生人一样，除了名义，一无所有，甚至不会不甘心。

"你还年轻，你的感情激烈明澄，恩怨分明，你不会接受妥协。"

本才不语。

她的确是不明白，在她来说，黑是黑，白是白，再痛苦也要即时分手。

"你打算参加马君的婚礼吗？"

本才生气道："我昏迷不醒，我怎么去？"

"那么，我代你送礼。"

"何必虚伪。"

"因为不值得生气。"

本才服帖了："王振波先生，我在你身上学习良多，得益匪浅。"

"我生活经验比你丰富。"

本才叹口气："王先生，看样子，我同你得相处很长一段时间。"

王振波看看她："我会那么幸运吗？"

本才叹气："王先生，你把这件惨事化解得可以接受了。"

他轻轻说："我愿意等你长大。"

本才哧一声笑出来："这话对一个十七岁的人来说尚可。"

到家了。

"对。"王振波说，"我已托人去罗允恭处取回你的门匙。"

"诶，你有什么法宝？"

"我的律师，是她的师交。"

"啊！"本才五体投地。

王振波微笑道："并且，我正在找人看看你父母的委托书里有什么漏洞，以便将财产运用权取回。"

本才说："其实这些年来多亏罗允恭，否则有限的数目早已花光。"

"现在你不同，我相信你已比较有智慧。"

"我现在要钱来无用，原来，被人照顾是那样舒适称心的一件事，怪不得都二十一世纪了，还有那么多年轻女性想找个户头过日子。"

厨房里，新保姆同女佣说："王先生真好耐力，同七岁孩子絮絮细语，把她当大人一样。"

女佣不搭腔，不肯说东家是非。

"而且，加乐一点也不像低能儿，我觉得她比任何人都聪明。"

女佣站起来，说："我得去买菜了。"

保姆赔笑道："你看我，多嘴得很，真是，我们在这里不过听差办事，领取一份薪水，理那么多干什么。"

她也讪讪地走开。

本才伏在床上睡着了。

做梦看见母亲伏案正在书写，一贯忙得头都抬不起来。

"妈妈。"本才站在门口叫她。

她看到是女儿，十分诧异："咦，你怎么还在这里，你的屋子着火了，你还不去搭救？"

本才愕然，莫名其妙，没听懂母亲的意思。

只见她扬手："去，去。"

本才惊醒。

正好这个时候，王振波推门进来，神色黯然。

"本才，我们马上去医院。"

"干什么？"

"杨本才心脏衰竭，医院正予以急救，嘱我们去见最后一面。"

本才怔住。王振波替她穿上大衣。

"来，本才，我背你走。"

这是最快捷的方法。

本才伏在他背上,他飞快地跑下楼去,上了车,直赴医院。

本才一句话不说,看着车窗外的风景。

这是她一生中最奇突的一个冬季。

天气一直很冷,幸亏小加乐拥有许多漂亮舒适的大衣,裹得暖暖。

但是本才仍然忍不住打寒战。

她得赶到医院去见自己最后一面。

本才手足冰冷,欲哭无泪。

天下竟有这样奇怪的事。

停好车,王振波仍然背起本才往医院里跑。

本才发觉她没有穿鞋,王振波把她自一处背到另一个地方,她无须穿鞋。

她伏在他温暖强壮的背脊上,双臂围着他的脖子,以后,怕得这样过日子了。

到了病房门口,他把本才放下。

主诊医生迎上来:"啊,你们到了。"

他们走进病房。

病床上，杨本才身上搭的管子比平时还多，面孔的颜色像黄蜡一样，已经没有生气。

王振波不忍再看，垂下了头。本才落泪。

看护轻轻说："加乐，过来见杨小姐。"本才走近。

她从来没有见过那样难看的自己，从前，即使没化妆，生病，醉酒，面孔都不会如此浮肿，此刻她双目像线一般陷在眼泡里，嘴唇似金鱼张着吸收氧气，发出咝咝的声音。

啊，可怕。本才浑身颤抖。

忽然之间，其中一部仪器发出紧急的嘟嘟声。

医生与看护立刻围上来。

"预备用电极器，各人退开。"

医生取过心腱电极器。

这时，仪器显示杨本才的心脏已经停止跳动，表上只有一条直线，信号长鸣，非常刺耳。

本才大哭。

医生吆喝："请病人亲友先出！"

王振波连忙拉起她的手想退出病房。

不料本才大力挣脱，向前扑去。看护大惊急急拦阻。

这时，主诊医生已经将电极器盖下，电光石火间，本才扑到自己身躯之上,紧紧抱住不放。

医生双手来不及闪避,电极器印在本才背脊。

只听得噗的一声,本才身躯大力弹跳,接着她听得众人的惊呼声。

然后,全身麻痹,自踵至顶迅速消失知觉。

本才心中一凉,啊,是要去见父母了。

她与他们感情欠佳,见了面,又该说什么才好?

她仍然紧紧抱着自己的身躯不放。

终于,她得到了一直渴望的沉睡。

她永远不知道那一刻深切护理病房内乱成什么样子。

医生与看护齐齐尖叫,王振波大声喊:"本才,本才。"小加乐昏迷的身躯落到地上,杨本才动也不动。

看护连忙抬起加乐放在床上,替她诊治。

"心脏脉搏正常,背脊被电极器灸伤。"

"把她移到另一病房诊治。"

"医生,看。"

仪表上杨本才的心电图恢复波动。大家松了一口气。

整组护理人员满头大汗,有两个觉得双膝发软,忍不住坐了下来。

还没完全回过神来，一位年轻女医生忽然说："病人蠕动。"

"张医生，我想那只是无意识的肌肉反应。"

"不，请快过来看。"

大家又提起精神走近杨本才。

这时，谁也没有空去理会站在一旁的王振波。

他轻轻走到本才身边蹲下，握住她的手。

本才的眉尖颤动一下，喉咙发出干涸的声音来。

主诊医生说："啊，快替她做检查。"

这时，本才四肢开始挣扎。

"不可让她乱动，马上注射。"

护理人员异常亢奋，已经忘却疲劳，全神贯注照料杨本才。

昏迷多月的病人终于有苏醒迹象了。

一名看护这时才发现了王振波，讶异地说："王先生，你还在这里？"

"请出去，王先生，病人如果好转，我们会通知你。"

王振波只得离开病房。

才出房门，已经有人问他："本才怎么样？"

是一个相貌俊朗的年轻人，长发留胡，王振波一怔，好面熟，想起来了，这不是刘执成吗，真人比相片中的他高大。

"本才怎么样？"

"看情形她会渡过难关。"

年轻人忽然松弛，他竟忍不住饮泣。

王振波不知如何安慰他才好。

幸亏看护过来向刘执成汇报最新消息，王振波趁机去看
加乐。

"加乐。"

加乐微微睁开双眼。

眸子内精光已经消逝，他没有叫错人，她是加乐，不是
杨本才。

"加乐。"

加乐认得他，伸出小手臂拥抱他，并且不愿放开。

王振波轻问："本才，本才你去了何处？"

加乐没有回答。

背后有急促的脚步声。王振波转过头去。

翁丽间回来了，声音充满歉意："我一到家听见你们来了
医院便即时赶来……"

王振波挥一挥手，表示不必解释。

"每一次加乐有事我总是不在。"

王振波叹口气："你也是人，总得透透气。"

翁丽间难得听到这样体贴的话，半晌作不得声。

加乐见了她，迟疑半晌，恢复本色，不再愿意叫妈妈。

王振波这时肯定本才已经离开加乐。

他百感交集，凝视加乐的小脸。

加乐嚅动小嘴想说话。

王振波鼓励她："加乐，你想说什么？"

加乐终于没说什么。

看护说："给她一点时间，加乐会学习，是不是，加乐？"

加乐忽然点点头。

翁丽间已经十分满足，笑着拍手。

王振波叹口气，离开病房。

在候诊室，他看到了另外一位男士。

王振波像是有第六感，知道他是谁，向他点点头。

对方也似认得他，大方地站起来伸出手："我是区立纬，丽间的朋友。"

终于见面了，两人握了手。

"加乐没有事吧？"

看样子也是个爱孩子的人，加乐运气不坏。

"她无恙。"

区立纬："我在这儿陪她们母女，你大可回去休息。"

"多谢你关心。"

区立纬不再说话，取过杂志阅读。

王振波看到两位女士均有男伴，一时十分失落，呆呆坐在会客室另一头，半晌无人与他说话，他只得回家去。

本才未料到还会再一次醒来。

她睁开眼，立刻想翻身下床，可是手脚笨重，不听使唤，她不由得怪叫起来。

"醒了醒了。"

有人围拢来。"杨小姐，看着我的手指，几只？"

本才眼前模糊一片。

她苦笑，声音沙哑："我有八百多度近视，没有眼镜，一如盲人。"

大家一怔，继而大笑起来。

"啊，奇迹，奇迹，病人恢复神志。"

"可是仍须小心护理身体。"

本才呻吟："痛，痛。"

看护立刻替她注射。

"想通知哪位亲友？"

本才马上说："王振波，殷可勤，刘执成。"

死而复生，有三位知己可见，也不枉此生了。

"刘先生就在门外，我请他进来，记住，别多说话，你情况仍然严重。"

本才嗫嚅问看护："我样子可丑？"

看护俯视她，微愠："你应当庆幸你还在世上。"

本才苦笑。"加乐——"

"她很好，你不必担心。"

"她已苏醒？"

"正是，现由专人照顾。"

"我想见她。"

"杨小姐，你尚未脱离危殆情况，请先安静。"

这时有人走到她身边："本才。"

本才抬起头，牵动嘴角说："刘执成，你来了。"

高大硕健的刘执成这时高兴得像一个小孩。

"本才，你认得我？"

"当然，"她轻轻说，"你是我好友。"

"我一直以为你不知我存在。"

本才连忙否认："谁说的，你送的那本十四行诗，我看
到了。"

刘执成一直点头。

"还有你每次探访带来的勿忘我，谢谢你，都给我极大
鼓励。"

看护已经过来："刘先生，时间到了，明天上午再来吧。"

刘执成忍不住吻本才的手背。

手上插满管子，体无完肤，刘执成恻然。

他依依不舍地离去。

"看，男朋友对你多好。"

看过她这个鬼样子而不介意，的确是挚友。

有许多势利的人见到朋友略降一级就开始疏远，佯装
陌路。

本才闭上眼睛。

"杨小姐，你至少还需要一个多月时间才能完成植皮手
术，杨小姐，你背部烧伤部分复原情况理想。"

本才说："只是不能穿露背装了。"她渐渐入梦。

母亲仍然在书房内，看见她，问道："你有没有救熄那
场火？"

本才颔首："多亏你提醒我，已经救下来。"

刚想叙旧，母亲却说："那你还不去做功课，下个月要开画展，作品质量那么参差，行吗？"

本才一惊，急急跑出去，外边是一片碧绿的草地。

她看到小加乐坐在秋千架子上，大眼睛像玻璃珠，一点神采也无。

"加乐，加乐。"她并没有应，本才着急到极点。

她挥舞双手，挣扎得很厉害，呻吟着醒来。

接着的一段时间，本才称之为非人生活。

心肺脾虽然奇迹般逐渐复原，可是接踵而来的物理治疗叫她吃尽苦头，早知，她想，躲在加乐健康的小身躯内不出来也罢。

可是，也不是没有乐趣的，朋友逐个来探访，扶着她重新学步，都使她振作。

殷可勤赶来看她。她握住本才的手不放。

"老好殷可勤。"忽然之间，她俩痛快地哭了。

"他们都怕你不再醒来，可是我却有种感觉你从来没有离开过我们。"

"是吗？"本才微笑。

◆

"我觉得你来看过我们，还有，连交了三个封面，从前，那是你一年的产量。"

"我疏于交货。"

这次是殷可勤改正她："是作品，不是货。"本才笑了。

"真没想到刘执成那样的大块头会流泪。"

"看上去他似铁汉。"

殷可勤问："可有感动？"

"但是爱情却是另外一回事。"

"你要求过高。"

"可勤，你又取笑我了。"

"本才，我是唯一敢对你讲老实话的人。"

"所以真正难得。"

"以后请勤力交稿。"

"是是是，多谢指教。"

可勤总偷偷带些鲜味、医院不供应的食物进来。

香槟，甜美芬香得本才差些连舌头也吞下肚子；鲋鱼，咸得甘香，使味觉苏醒；鱼子酱，齿颊留香。

本才感激不尽。

医生护士也有疑心的时候。

"这是什么气味?"

本才连忙使诡计:"会不会是雪茄?"

护士大惊失色:"什么,谁胆敢在这里抽烟?"

又过了关。也许是真心同情她,故意扮傻,不去拆穿。

王振波出现的那日,本才正在检查背部皮肤。

医生看着他进来,隔着屏风说话,好使病人分心,减少痛苦。因有外人在,他们的话忽然暧昧起来,很多时候欲言还休。

王振波说:"丽间打算带着加乐搬出去。"

本才问:"你可有探访权?"

"有,随时随地。"

"我替你高兴。"

"加乐想见你。"

"都是医生百般阻挠刁难。"

正在操作的医生笑了。

"加乐与母亲的关系大有改进。"

"她心智如何?"

"进步迅速。"

医生替本才穿上压力衣。他们移走屏风。

本才看到了王振波，这次，用成人的眼睛好好地贪婪地凝视他。

王振波过去蹲下，不顾外人眼光，亲吻本才脸颊。

本才伸出手，轻轻抚摸他的脸颊。两人都泪盈于睫。

王振波颤声问："有解释没有，究竟是怎么一回事？"

本才赧然："不知几时才可搬出深切护理病房。"

医生答："快了。"真是好消息。

"我会每天来。"

看护骇笑，没想到这位眉青鼻肿的杨小姐有那么多人追求。

这个年轻女子一定有常人不如的可爱之处。

护理人员退出去。王振波问："一切恢复正常了？"

本才摇摇头："肉体受的创伤需要长时间调养。"

"可是，你的精、灵已经归位！"

本才笑得弯腰："多么巧妙的形容。"

"难怪何世坤要把你当作研究材料。"

本才收敛笑容："何教授近况如何？"

"听说她已与多名弱智儿童联络，专题研究。"

"她的工作其实很伟大。"

"马柏亮如期结婚，场面冷淡，父母兄弟都没有参加婚礼。"

汤巧珍又一次选错对象，本才叹息。

王振波轻轻说："看，我似一个长舌妇，絮絮向你报告是非。"

本才想一想，说："也许，她已清楚地考虑过，反正厌恶目前的生活方式，不如冒险，变一下，可能会看到曙光。"

"祝她幸福。"

"她对你有好感，你一直没有给她机会。"

王振波吓一跳："他们竟对加乐毫无顾忌，乱诉心声，你现在知道太多秘密。"

"为什么？"

"我一直只喜欢比较活泼的女子：热情，坦白，丰富的想象力，勇敢果断的性格。"

本才忽然涨红面孔："请恕我对号入座，这好似在说我。"

王君微笑道："还有谁。"

本才讪讪地看着天花板好一会儿，缓缓说："扶我站起来。"

"要拿什么？"

"扶我！"

王振波缓缓扶着她站起来。

他没料到本才这样说："看，终于长大了。"

"是。"王振波也笑说，"齐我耳朵这么高了。"

"让我们出去走走。"

"医生说——"

"别听他们，死人了。"

"到草坪散散步是可以的。"

"奇怪，天气还是这么冷，丝毫没有回暖的迹象，这真是一个冰冻的冬季。"

"过一个月春天便要来临。"

他把本才裹得十分严密，像一只粽子似的，与她悄悄经过医院的图书馆，偷偷走到草坪。

本才诉苦："冷。"嘴里哈着白气。

忽然她自白袍子口袋里取出一只扁平的银酒瓶，打开瓶盖，喝一口。

王振波大惊："这是什么？"

本才眨眨眼："拔兰地。"

"什么地方得来？"

"殷可勤偷偷给我。"

"竟有这种损友。"王振波顿足。

"所以我同她的友谊长存。"两个人都笑了。

本才得寸进尺："来，带我去跳舞。"

王振波骇笑："杨小姐，你尚未复原。"

"你我都知道杨本才永远无法恢复旧时模样，管它呢，先去跳舞。"

王振波急说："待你出院，再找舞厅。"

本才颓然："这段日子真坑人。"

话还没说完，看护已经追出："原来在这里，吓坏人，王先生，再这样，以后不让你探病。"立刻把他们抓了回去。

本才嘻嘻笑，一点也不生气。

王振波说："对，我已把你家门匙自罗允恭处取回。"

"谢谢你。"

"住宅已经再次换锁。"

本才点点头。

"我还擅自闯进香闺巡视了一下。"

王振波没想到有那么可爱别致的住宅。

白得耀眼，全无间隔，主要的家具是一张宽敞的原木工作台与老大的双人床。

一看就知道屋主人崇尚自由，有点放肆，不失天真。

随即他看到墙上淡淡的印子，像是有几张画被人除了下来。

他替她把画册书本略略整理一下便关上门离去。

本才说："叫你见笑了。"

"活脱儿是艺术家之家，只是天窗如此光亮，怎样睡觉？"

本才骤然面红，这问题太私人。

王振波说："我还有点事，明天再来。"

本才咕哝："生意都已结束，还忙些什么。"

王振波微笑，开始管他了，真是好现象，心里有说不出的欢喜。

他走了，本才坐在藤椅上看杂志。刚有点累，没想到翁丽间来看她。

本才觉得亲切，毕竟做了那么久的加乐，在她怀中依偎了那么多次。

本才想撑起来。

翁丽间连忙按住她："杨小姐，不用客气。"

"加乐好吗？"

"下星期可以正式上学。"

本才担心："不是特殊学习所吧？"

"不，是普通小学，由一专门助教协助，希望过正常生活。"

"那她会喜欢。"

"杨小姐，我还未正式向你道谢。"

"任何人都会那样做，请不要再提了。"本才十分尴尬。

翁丽间握住她的手低下头，想一想她说："我愿意负责你的医药费。"

"这是公立医院，不费分文。"

"那么，我如何表达心意？"

"翁家一家乐于捐助医院设施，已经足够。"

"杨小姐，真没想到你救助加乐是完全无偿的慈善。"

本才觉得有必要转变话题："听说，你好事近了。"

翁丽间一怔。

她从未同任何人说起过这件事，刚刚才苏醒的杨本才怎么会知道。

本才连忙道："对不起，太唐突了。"

"不，杨小姐，我不怕你见笑，明春我会再婚。"

本才忍不住低声嚷："你们都第二次结婚了，只有我，无论如何没人要。"

翁丽间一听，只觉好笑，并不当作嘲讽，她很幽默地说："放开怀抱，保不定可以嫁三次。"

本才这才觉得失言，连忙掌嘴："讲错话，讲错话。"

翁丽间凝视她："年轻真好，内分泌自然生产抗抑郁素，无论环境怎么困难，一样挺得起胸膛来顽抗。"

这时，翁丽间伸出手来，摸了摸本才的头顶，像爱抚小加乐那样。

真奇怪，她说起加乐："有很多表情相似。"

本才笑。

"唉，我在说什么，你俩资质差那么远，我一定是失心疯了。"

两人客套一番，翁丽间才告辞。

她一走，本才缓缓站起来，才发觉背脊尽湿，没想到应酬竟是那么累的一件事。

抑或，她有点心虚。

毕竟，刚才同她说话的人，是王振波的前任伴侣。

本才轻轻坐到床沿，把笑容收敛。

翁丽间太夸奖她了，杨本才体内的抗抑郁素也渐渐在消失，不比那些少女，一点点小事也咕咕咕笑半日，戴着蔷薇色眼镜，看什么都是美好的。

她不过故作活泼。

客人一走，整个人消沉不已。她取出酒瓶喝一口。

酒已饮尽，她学醉翁那样把瓶子甩一甩，希望倒出最后一滴。

本才不敢照镜子，她看到的面孔浮肿无神，双目呆滞，难怪马柏亮一见就走。这个女人要不得，不过，她的财产还是有吸引力的，可否只要她的钱？

她睡着了。蒙眬中有人进来，轻轻坐在床沿，在耳畔唤她名字。

本才知道这是刘执成。

想到这些日子来的委屈，不禁在睡梦中呜咽。

刘执成一直陪着她。

少年时，本才也把男朋友分两种，跳舞一种，诉苦一种，两类从不混淆，灵与欲必然分家。

本才不大记得她借用过的肩膀，但是那些令她痛哭的男孩子，却铭记在心，真不公平。

直到她再次熟睡，刘执成才悄悄离开。他留下小小一束勿忘我。

那深紫色的花朵直到干透仍然芬芳可做装饰用。

四

真正的爱情叫人欢愉，如果你觉得痛苦，一定出了错，须即时结束，从头再来。

再过一个星期，本才坚持出院返家休养。

看护劝她："杨小姐，不要把健康当玩笑。"

"病床矜贵，你则当我们是推销员，硬要你留下。"

"一定要走？我们才是你的老朋友，还到哪里去。"

经过研究，还是放她出院，每日下午，院方会派护理人员上门去检查她的近况。

刘执成与殷可勤接她回家。

可勤一进来便说："前门有行家想采访你关于火灾受伤始末。"

刘执成立刻代本才发言："从后门走。"

本才坐轮椅，用帽子遮着头，绕到后门，经过那幅儿童壁画。

"啊，完成了。"

"是，充满生气，为沉重的病房带来希望及色彩。"

殷可勤催刘执成、"电梯来了，快走。"

一辆吉普车驶近，司机正是王振波。

刘执成一手将本才抱起，放进后座。

可勤接着跳上车关上门。

本才急道："执成还未上车。"

可勤微笑："他会去引开记者，并且同他们讲几句话，人家也不过是听差办事。"

刘执成在车外向他们挥手。

"谢谢你们。"

可勤笑道："啊，一句谢就想了此恩怨，真没那么容易。"

"那，做牛做马可管用？"

"倒不必，有十个八个俗而不堪的小说封面等着你来做才真。"

本才伸出手臂，全手都是蜂巢似的针孔，像资深瘾君子，她连忙拉下手袖。

王振波感慨而放心地说："总算救回来了，好出院了。"

可是，为什么至今未见过加乐？这是本才心中一个极大疑点。

回到家，王振波掏出锁匙开门，那日，阳光满室，本才一进门便啊的一声。

原本空白的墙壁现在挂着那几张失去的画，完璧归赵，本才雀跃。

连殷可勤都忍不住问："怎么一回事，怎么可能？"

王振波笑笑："我找到马某，同他说了几句话，他便把画交出来。"

可勤问："你说些什么？"

"我只告诉他，这几张乔治亚·奥姬芙[1]的花卉也算是名画，自有转手记录，如拿不出单据，做贼赃论。"

"他怎么说？"

"他说他怕屋内无人，画会失去，故此暂时代为保管，直到屋主回家。"

"画一早买妥保险，是不是，本才？"

本才不语，仰头欣赏那几幅画，失而复得，真正高兴，本才指的是她的生命。

---

[1] 乔治亚·奥姬芙：乔治亚·奥基弗，美国艺术家，被列为20世纪的艺术大师之一。

可勤看着她："你好似不甚生气？"

本才坐下来："可勤，去做茶来我们喝。"

"马上去。"

本才微笑，解释说："经过这次，发觉自己高大许多，再也不与小事计较。"

王振波宽欣："那多好。"

本才伸了伸四肢："谢谢你。"

"不客气。"

"你付了赎金是吗？"

"总得给他运费。"

本才笑了，有点讪讪，她没带眼识人，今日的羞愧是应得的。

可勤捧着茶出来，讶异地说："本才，我在你厨房里找到七种茶叶，洋洋大观。"

本才立刻看着王振波，是他代办的吧。

那么细心周到。

本才终于问："为什么不见加乐，加乐好吗？"

"她如常。"

"几时带她来我家？"

"待你比较有精神的时候。"

"明天可以吗?"

"我看看她有没有时间。"

语气内有推搪因素,何故?

王振波站起来说:"本才,你休息吧,我先走一步。"

他告辞了。本才心中隐隐觉得有事。

殷可勤犹自不觉:"本才,我找到鹅肝酱,想不想吃一点?"

"可勤,我累了。"

"那么,我送自己出去。"

本才松口气,缓缓走到自己的床边,一头栽下去。

床铺太久没沾人气,略有潮湿味道,但仍然有熟悉的柔软。

看,只有床是她最忠心的朋友。

敏感的本才觉察到王振波对她的态度有微妙的变化,他仍然处处为她着想,体贴入微,但是同以前已有不同。

与她做加乐的时候,无疑有段距离。

电话铃响,本才不想去听。

"本才,你已回家?我是柏亮,有事商量。"

什么,他还敢打电话来?本才不由得笑出来。

百密一疏，电话号码没有更改，被马柏亮有机可乘。

下午，看护来了，叮嘱她几件事。

"杨小姐，多出去走走，一个人待在家中不好。"

"不是叫我多休息吗？"

"你眼睛有点忧郁。"

"什么都瞒不过你。"

"工作是最佳精神寄托。"

"那我明日便开始作画。"

本才自觉语气冷漠，言不由衷。

"是否苏醒之后感觉到反高潮的低落？许多病人在痊愈后才觉得抑郁，因为亲友都回去做正经事了，不再簇拥着病人。"

本才苦笑："又不幸被你言中。"

"千万不要在这个时候缠住男朋友不放，造成他的压力，叫他为难。"

"是。"本才微笑，这些她都懂得。

看护好心一如老友。

她接着说："这间公寓多么奇突，坦荡荡，太君子了。"

然后约定第二天同样的时间再来。

一连几天，刘执成与殷可勤同时来探访她。

本才问："出版社好吗，生意如何？"

可勤笑："自本才口中听到生意二字十分突兀。"

刘执成回答："形势低迷，大家都在等新的畅销书大作家出现。"

可勤笑着说："需年轻貌美，身段姣好，气质优雅，才思敏捷，天才横溢，而且工作态度严谨勤奋，每年著优秀长篇小说十五套。"

"哗，但愿你有日梦想成真。"

刘执成笑道："生意目前还可以维持。"

可勤在厨房忙做午餐，他与本才闲聊。

"去年出版社搞晚会，你就喝得比较多，那天由我送你回家。"

本才一点也不记得。嘴巴虽然不说，脸上却露出茫然的神色来。

一切都落在刘执成的目光里，他暗暗叹口气。可勤也是个聪明人，出来看到这种情形，便劝说："人家大病初愈，你却来考人家记忆。"

本才却问："你们这几天有没有见过加乐？"

两人摇摇头。

"她仍住在王宅？"

刘执成奇道："本才，你应该最清楚王家的事。"

本才不语。

可勤说："我还记得出版社七周年纪念请你设计宣传海报，你无论如何不肯。"

本才想起来。"有一个人在电话中滔滔不绝地告诉我他的构思，唏，我顿时反感，这还叫我干什么，干脆他来做好了。"

刘执成讪讪说："那人是我。"

可勤拍手大笑："哈哈哈。"

本才十分尴尬，她说："我去冲咖啡。"

刘执成看着她的背影。"奇怪，这些年来我一直在她身边，吃饭开会通电话不下百来次，可是她对我一丝印象也无，我仍然是人海芸芸众生中一名，连我名字也记不清。"

可勤赔笑道："怪不得有些男生为求博取印象分，刚相识不由分说先把那女生痛骂一顿，好叫她刻骨铭心。"

刘执成奇问："真有这样的恶棍？"

殷可勤不出声。她刚上班，第一次开会，就因小故叫刘执成严词责备。

当时她巴不得找个地洞钻进去哭完了好出来辞职。

那次出丑叫她没齿难忘,可是很明显,刘执成本人却已经忘怀。

可勤不打算提醒他。

之后,才发觉他是个热诚坦白对下属没有架子、不会玩政治的上司。

可是她一直有点忌惮他。

这时,刘执成摇摇头,说:"也许,我应知难而退。"

旁人实在不便置评,故此可勤只有低下了头。

"咦,本才呢?"

厨房不见人,这才发觉她躺在露台的藤椅上睡着了。

刘执成说"来,一,二,三",与殷可勤二人抬起藤椅回到室内,替她盖上毯子。

"我们一起回公司吧。"

本才半梦半醒间听见他们约好同时走,不禁宽慰。这两个好人应当走在一起。

第二天,本才对王振波说:"我想见见加乐。"

王振波咳嗽一声,说:"这件事,我也不想瞒你。"

嗬,这里边有什么文章?

"你最最了解加乐。"

本才屏息聆听。

"本才，加乐，已经是另外一个人。"

本才抬起头来："我没听懂。"

"本才，"王振波吸进一口气，"你离开加乐的身躯后，她并没有变回她自己。"

本才变色："我不明白。"

"换句话说，你苏醒了，做回杨本才，加乐却没有，她被救醒之后，不再是王加乐，也不再是杨本才。"

本才睁大双眼。

"本才，故事并没有完结，现在，加乐成为第三个人。"

本才握紧拳头，额角沁出汗来。"振波，让我见一见加乐。"

"早该让她见你，可是，她不愿意。"

"什么？"

"她有主张，她不认识你。"

本才愣住。

"我非常惊惶，觉得加乐这种现象一定有个解释，可是不敢知会任何人。"

本才跌坐在沙发上。

王振波困惑得无以复加。"本才，加乐现在是一个少女，自称区志莹。"

"请介绍她给我认识。"

"你可以到我处吗？"

"就现在如何？"

"好极了。"

本才换好衣服，随王振波出门。

一路上王振波断断续续地说他的感受。

"会不会加乐本身似一张白纸，容易接收别人的思维……

"丽间却并没有觉察到，她在忙着筹备婚礼。

"志莹，她十八岁，在一次车祸中身受重伤。"

本才看看他："也是昏迷不醒？"

"情况究竟如何？"

"你不会相信，本才，区志莹已经辞世，器官也全部捐赠出去。"

本才浑身寒毛竖了起来。

半晌她问："区小姐几时去世？"

"同一间医院，同一天。"

"你查证过这件事？"

"已经彻查清楚，我还见过区氏夫妇。"

"他们有无相认？"

"还没有。"

他俩到了王宅。

才开门，就有一个人冲出来，定睛一看，是妖媚的陈百丰，手挽一件红色长大衣，边穿边走，气冲冲道："王振波，你那女儿，是只妖精，我实在吃不消，我知难而退好了。"

她瞪了本才一眼，头也不回地走了。

杨本才轻轻走进屋内："加乐，加乐？"

一想不对，那孩子现在并非加乐。

她推开书房门。"志莹，你在里头吗？"

书桌后边坐着一个人，闻声把旋转椅嚯一声转过来。

不错是王加乐。

俏丽的小面孔，大眼睛，尖下巴，疑惑的神情。

本才太熟悉这张面孔了，她曾经借用她的脸生活了一个多月之久。

"记得我吗？"

加乐微微张嘴，好似认得，可是终于说："不，我不认识你。"

声音的确属于加乐，可是语气不驯、嚣张、任情。

"你叫区志莹?"

她一愣,反问:"他把一切都告诉了你?"

本才微笑。"记得吗,我是你的前生,你此刻经历的事,我都经历过。"

本才占了上风。

区志莹反驳:"可是,现在是我住在这里。"

本才怎么会输给她,她闲闲地问:"还习惯吗?"

区志莹看着她:"你想说什么?"

她打开烟盒子,取过一支烟,点着吸一口,盯着本才。

嗬,一个七岁的孩子做出这连串动作,令人震惊。

本才不由得生气。"你要好好珍惜加乐的身躯,老实告诉你,你这生这世未必还可以离开。"

区志莹缓缓放下香烟,慢慢转过身子:"你可以走了,我没有心情听你唠叨。"

本才啼笑皆非,她竟把她当老太太办。

一时不想争吵,本才退出书房,与王振波会合。

他们坐在会客室中,两人沉默良久。

是王振波先开口:"你看怎么样?"

本才回答:"的确是另外一个人。"

"我该怎么做？"

"翁丽间不是打算同孩子一起搬出去吗？"

"交给她？"王振波反问。

"加乐是她亲生女儿。"

这是最合情理的做法，但王振波低下了头。

本才看着他，说："你不舍得加乐。"他不出声。

本才故意轻描淡写地说："你不是真打算等她长大吧？"

王振波踱步到窗前，不置可否。

本才暗暗心惊，原来他真有这个意图。

本才试探地问："你爱的，一直是加乐？"声音已微微颤抖。

王振波仍然没有直接回答。

本才再做进一步推测："在我之前，已经有人入住过加乐的身躯？"

"你真聪明。"

本才的确不是笨人。

"你为什么不告诉我？"

"本才，这种现象实在太难解释。"

"我可以接受，因为我也是当事人。"

"这是我与那人之间的事。"

"她是不是一个可爱的女子？"

王振波答："是。"

"她在加乐身上生活了多久？"

"一年。"

"啊，那么久，后来呢？"

"她觉得实在太闷，离我而去。"

本才张大了嘴合不拢，外人只以为王振波深爱继女，实则不是那么一回事。

王振波悲哀地说："看，现在你都知道了，你怎么看我？"

本才不答。她一背脊都是汗。

她鼓起勇气问："那，又是个什么样的女子？"

"她是个女演员。"

所以才能够把秘密隐藏得那么好。

"你认识加乐的时候，她已经走了。"

"走，"本才忍不住问，"走往何处？"

"我不知道。"

"消失在世上？"

"或许是，或许在另外一个地方，另外一个人身上寄居。"

"你答应替她保守秘密？"

"正确。"

"她叫什么名字？"

"恕我不能透露。"

"她原来的身躯是否完好？"

"本才，我不想再说什么。"

王振波低下头，黯然销魂。他至今还深深悼念她。

本才一时间解开了那么多谜语，不禁疲倦，用手撑住头，不想动弹。

一个小小身躯忽然出现在门边。

加乐尖刻的声音传来："你们还在谈？你，你还没有走？"

小小的她一手撑住门框，说不出地刁泼，一看就知道不好应付。

难怪连娇媚的陈百丰都吃不消，落荒而逃。

本才说："加乐，我不是你的敌人。"

"你早已知道我的名字是志莹。"

"我们做个朋友可好？"

志莹笑了，伸出舌头左右摆动："成年人，我才不会同你做朋友。"

本才瞠目结舌，不知如何回答。

王振波这时开口："本才不是那样的人。"

本才十分感激，刚想道谢，加乐眼睛一红，哭了出来，一边顿足，一边转身就走。

她嘴巴嚷着："没有人爱我，人人都欺侮我。"

本才服了。可是，她做加乐的时候，不也利用过这种特权吗？

她站起来说："我告辞了。"

"本才，我叫司机送你。"

王振波急急追上楼去安慰区志莹。

不，是加乐，他一直以来深爱的，也就是加乐。

本才站在王宅门口，天气冷得要命，司机并没有出现。

她打手提电话叫计程车。

"小姐，今日车子非常忙，你愿意等四十五分钟到一小时吗？"

本才只得致电殷可勤。

可勤二话不说："我马上来接你，你穿够衣服没有？这是我一生所经历过的最冷的冬季。"

本才落了单，孤清地站在人家家门口，呆呆地等救兵。

越站越冻，脚和手指都有点麻痹，鼻子冰冷，她想哭，却不甘心。

王振波根本不理会她去了何处，再也没有出来看过她。

本才又急又气，是他叫她来，现在又把她关在门外。

幸亏可勤的车子随即驶至。

"本才，快上车，这是怎么一回事，你干吗站在王家门口，为何不按铃？"

跳上车，可勤把自己的手套脱下交给本才戴上，本才方觉得暖意。

"快走。"本才都不愿多说。

可勤看她一眼，把车驶进市区。

"去什么地方？"

"想喝酒。"

可勤说："我不反对，可是你身体状况……"

"可以应付，放心。"

可勤说："我从前总以为像你那样的天才处理俗世的事必定会不落俗套。"

本才给她接上去："不过渐渐发觉天才还不如蠢材机灵。"

"对，这两封信由纽约寄出，在出版社压了已有两个星期。"

"多半是读者信。"

"那更应立刻处理。"

本才学着可勤的口吻："读者才是我们的老板。"

到了相熟的酒馆，本才坐下，叫了六杯苦艾酒，一字排开，先干掉两杯。

情绪略为稳定，取过信件一看："嗯，是辜更咸博物馆[1]寄来的。"

可勤心向往之："法兰莱怀特[2]设计的辜更咸博物馆。"

信纸抽出摊平，本才读过，一声不响，折好又放回信封。

"说什么？"

"邀请我去开画展。"

"那很好呀，真替你高兴。"可勤雀跃。

本才微笑："三年前已经来叫过我。"

"你竟没答应？这种机会千载难逢。"

---

　　[1] 辜更咸博物馆：古根海姆博物馆，世界上最著名的私人现代艺术博物馆之一，也是全球性的一家以连锁方式经营的艺术场馆。

　　[2] 法兰莱怀特：弗兰克·劳埃德·赖特，工艺美术运动美国派的主要代表人物。美国最伟大的建筑师之一。

"任何事情都得有所付出，不划算。"

可勤大奇："你怕什么？"

"怕我其实不是天才，曝光过度，自讨苦吃。"

本才喝下第三杯酒。

"好了好了，别再喝了。"

"我已经痊愈，除了一背脊的伤疤，没事人一样。"

可勤一点办法也没有。

她一抬头，不禁笑了，救星来啦。"看是谁？"

向她们走近的正是刘执成。

本才诧异："可勤，是你叫他来？"

刘执成坐下，一声不响，看看桌子上空杯，也叫了六杯苦艾酒，酒上来，他学本才那样，干尽三杯。

本才不禁劝道："喝那么多那么急做甚……"

刘执成笑了。

本才这时不好意思不放下酒杯。

她说："哎呀，你的头发胡须都清理了，这叫洗心革面，为着什么？"

刘执成笑笑："谈生意比较方便。"

可勤真是个正经人："这种地方不宜久留，我们还是快走吧。"

本才说："可勤开车，可勤没喝酒。"

可勤嘀咕："真不明白为什么一叫就六杯酒，表示什么呢？"

本才答："豪气。"

可勤哧笑出来。

刘执成陪她坐在后座，她把沉重的头靠在他肩膀上。

这个铁胆忠心的好人要到这个时候才真正感动她。

本才默默到了家。

可勤叮嘱她："早点休息。"

"你们呢？"

"回公司赶工作。"

"有工作真好。"

刘执成："本才，要是你愿意到敝公司来上班，我马上替你装修办公室。"

这样的话自然中听。

本才进屋，刚坐下，忽然想起还有话说。

辜更咸那边，得请刘执成代为婉拒才是。她出门追上去。

到停车场一看，不见人，心里想：只得待会儿补个电话，可是刚转头，就看见刘执成与殷可勤自转角处走出来，本才想迎上去。

本才忽然凝住，她随即躲到大石柱后边去。

本才看到刘执成紧紧地拉住殷可勤的手，朝吉普车走过去。

拉手本属平常事，但是也分很多种，看他们的姿势，立刻知道是情侣。

本才躲得更严。

他们走到车前，忽然紧紧拥抱，随即分开上车。

可勤潇洒地把车驶走。

本才嗒然低下头，是她撮合了他们二人。

这两个人在同一间写字楼工作已经好几年，相敬如宾本无他想，直到杨本才把他们拉在一起。

看，谁也没有等谁一辈子。

本才沉默了。

她缓缓走回家，关上门，倒在床上。

终于求仁得仁，完全寂寞了。

屋内静得掉一根针都听得见。

大难过后，必有落寞，现在，又该做什么才好。

电话铃刺耳地响起来。

去同这个人谈几句也好，无论是谁，不论说些什么不着边际的话，都能解闷。真没想到他会是马柏亮。

"本才，是你？听到你的声音真好。"

他没期待她会亲自来听电话。

不知怎的，本才的气已消，只是轻轻问："还好吗，婚姻
生活如何？"

"过得去，托赖，听说你痊愈了，十分庆幸。"

"是，差点更换生肖。"

"我知道你一定会挣扎下来的。"

事后孔明。

"柏亮，好好过日子。"

"钱老不够用。"

这句话本才一早听得麻木。

"省着点花。"

"已经不敢动弹，可是一出手就缩不回来。"

他哪里还有得救。

本才以为他会开口问她借，终于没有，始终尚有廉耻。

一个男人，向身边的女人要钱已经够不堪，居然向前头
的女人要钱，那真不知用什么字眼来形容才好。

他最后只说："听到你声音真好。"

本才轻轻放下电话听筒。

那时年轻，不懂事，糊涂到极点，自有乐趣，他们也有过快乐时光。

看护来了，又去了，十分关注病人的颓丧情绪。

那晚本才睡着后，没有再梦见母亲。

或是任何人。

杨本才做回自己，才发觉有多大失落，她的生命何其苍白。

午夜醒来，沉思良久，累了，再睡，心中已有决策。

第二天一早起来，沐浴更衣，刚想出门，王振波来访。

"本才，打扰你。"客气得像陌生人。

他与杨本才根本不熟，也是事实。

本才原是个大方豁达的人，她招呼他进来。

"有什么事？"

王振波把一沓文件放在桌子上，很含蓄地说："本才，你卧病的时候，我自作主张，替你办妥一点事。"

本才取过文件看，"哎呀，"她低声叫出来，"罗律师终于把遗产承继权批还给我了。"

王振波微微笑。"她擅于经营，不负所托，这几年来遗产已经增值百分之一百。"

本才暗暗感激。

"不过，还是由你自己来管理好。"

本才搔搔头："我不懂理财。"

"各家大银行都有值得信赖的人才。"

"是，我会好好运用。"

"你是一名艺术家，身边有私蓄，人就清丽脱俗，如否，立刻沦为江湖卖艺人。"

本才由衷地感激道："振波，多谢指教。"

"我希望看到你健康快乐。"

明敏的杨本才立刻意味到他另有深意："你可是要远行？"

王振波微笑："被你猜到了。"

本才黯然，依依不舍："到哪里去？"

"去一个比较宁静的城市，看着加乐长大。"

本才想喊出来："我就是加乐呀！"

不，现在加乐已是另外一个人。

本才问："你已取得加乐的抚养权？"

"我正说服她母亲。"

凭他的人力、物力以及毅力，一定没有办不到的事。

王振波站起来："我走了，本才。"

"我祝你称心如意。"

王振波点点头。

本才加上一句:"你要小心,加乐最近刁钻不驯,而且只得七岁。"

话已说得十分露骨。

王振波微笑:"你仍然真正关心我。"

本才忍不住拥抱他,把脸靠在他胸前,像从前的小加乐那样。

然后,她静静送他到门口。

王振波有点无奈,终于转身离去。

本才站在门口良久,沮丧得不得了。

她提醒自己:要振作,杨本才,大难不死,必有后福。

刚想出门去办正经事,门铃又响起。

啊,莫非他忘记了什么,又回头来拿。

打开门,门外却是小小王加乐。

本才无比亲切,却忍不住惊讶:"你怎么一个人来了,岂不叫王振波担心?"

小加乐笑一笑:"你的确是个好人。"

"让我通知他。"

"且不忙，我有话说。"

她自顾自走进客厅，坐下，打开手袋，取出化妆镜，取出唇膏，补了补妆。

然后淡淡地说："给我一杯咖啡。"

本才看得呆了，半晌才答："是，是。"

她斟出饮料。

小加乐，不，区志莹慢条斯理地说："振波不再爱你。"

本才不由得更正她："王振波从来没有爱过我。"

"尚算你有自知之明。"

本才啼笑皆非，下令逐客："我有事要出去，你请长话短说。"一个人的涵养功夫究竟有限。

"以后不准再见王振波。"

"哈。"

区志莹斥责："这是什么意思？"

"由不得你管。"

区志莹大怒道："他不爱你，你不爱他，见面来干什么？"

本才看着她，说："你有没有听过世上有一种关系叫朋友？"

"咄，鬼话，一男一女做什么朋友？"

"这就是你的心胸不够广阔了。"

"我不会允许王振波再见你。"

"祝你成功。"

本才打开大门，请她走。

这时才看见王家的司机在门外等她。

"王振波永远不会再见你。"

本才已经关上了门。她已经累得垮下来。

独自坐在沙发上良久，鼻端隐约还闻到区志莹适才留下的香水味。

本才也是见过世面的人，她认得这种浓郁的香水叫作森沙拉[1]，梵文轮回的意思。

她叹口气，喝杯冰水，出门去。

先到银行去处理财务，再拨电话到出版社。

殷可勤来听电话。

"可勤，我想上来歇脚。"

"我来接你。"

"我就在附近，十分钟可以到。"

"我替你准备饮料。"

---

[1] 森沙拉：娇兰·圣莎拉，是让－保罗·娇兰专门为他一生挚爱的女人创作的香氛。

"请给我一大杯热可可。"

总算留住了一个朋友。

可勤一见她便关心地说："你看你累的。"

是吗？本才摸摸面孔。

虽然从来不自以为是个美女，但是也明白此刻姿色是大
不如前了。

除了热可可，还有椰丝蛋糕，本才不客气地吃起来。

殷可勤也是个伶俐人，细细打量本才气色，说："你有话
要说吧？"

"是，"本才抹了抹嘴，"我想重新振作。"

殷可勤鼓掌。

"辜更咸那边，我想听听他们的建议。"

"好极了，我愿意做你秘书，替你处理琐事。"

"不敢当，请你帮忙才真。"

"本才，你的才华必定可以发挥得淋漓尽致。"

本才牵牵嘴角。

"我马上替你联络辜更咸。"

本才看看可勤，微微笑着说："我还需要节食，置装，换
个新发型……要出去打洋鬼子了，不能失礼父兄叔伯。"

殷可勤一直笑。

"可勤,给我一点鼓励支持。"

"一定,愿你打垮洋人,扬威海外。"

本才略觉安慰。

可勤补一句:"本才,日后若有人闲言闲语,你不必理会。"

本才颔首。"那些人会说些什么,不难猜到八九分,若是排除万难,争得些名声呢,必定是媚外崇洋;倘若不幸全军覆没,则冷笑一声:你以为这么容易!做春秋大梦呢你。"

可勤给本才接上去:"作品多一点,他说你粗制滥造,作品少一点,他又说你受欢迎程度大不如前。"

两人笑作一团。

静下来,可勤问:"叫你去纽约住你愿意吗?"

"我无亲无故,大可一走了之。"

"胡说,你还有我们呢,一年起码寄十个八个封面回来。"

本才这次来,另一个原因,是要使殷可勤释然。

因此她很平静地说:"好好照顾刘执成。"

殷可勤一听,忽然涨红了面孔,像是做贼被人当场捉到,双目烧得透明。

本才不禁好笑,本想促狭地看她尴尬,终于不忍:"你看你到今日还怕难为情。"

可勤张嘴想说话，可是说不出来，试了几次，不得不放弃。

这时，肢体语言似乎更加重要，她握住可勤的手。

可勤嗫嚅："他一直喜欢你……"

本才更正："他一直关心我。"

可勤十分感激。

本才叹口气，说："我猜我是那种六神无主，彷徨得团团转的人，特别叫他不放心。"

"执成喜欢艺术家。"

"当编辑大人也是文艺工作。"

"本才，你真好。"

"你俩一早就应成为一对。"

可勤轻轻说："可是不知怎的，互相都没有留意对方。"

本才代为解释："工作太忙了。"

"一定是那样。"

"现在有了好的开始，大可慢慢发展。"

可勤仍然腼腆。

"你们有说不完的话题，光是讨论明年该出版哪些书，已经可以谈三日三夜，将来生了子女，名字也现成，一个叫书香，另外一个叫字馨，不知多文雅。"

可勤笑了。

半晌她说："本才，你呢，你完全没有想过你自己？"

本才自嘲道："有呀，我已经要跳出框框，去做国际级艺术家。"

"感情方面……"

"一直向前走，总会碰到那个人吧。"

"要求别太苛刻。"

"可勤，你应劝我提高眼角才真，否则再来一位马某那样的人才，再回头已是百年身。"

可勤骇笑。

笑着笑着，她忽然落下泪来，与本才拥抱。

身后忽然有人说："咦，这不是抱头痛哭吗？"

正是刘执成来了。

他真幸运，无意中得到理想伴侣。

像可勤一样，他打量本才后说："你太憔悴，得好好休养。"

一定是虚肿面孔，红丝眼，淤黑嘴唇叫他们这样吃惊。

本才一点牵挂也无，回家休息。

看护来了，有点诧异："你好像放下一些什么，整个人轻松了。”

“是吗？”本才笑笑，“一定是面子，面子最沉重。”

“不，也许是才华，”护士笑，“才华也千斤重。”

她真幽默，世上好人果真比坏人多。

本才一边在她指导下做柔软体操，一边说：“会不会是爱情，爱人十分沉重。”

“真正的爱情叫人欢愉，如果你觉得痛苦，一定出了错，须即时结束，从头再来。”

本才讶异：“说得多好，像个大作家的口吻。”

看护说：“背上的烫伤疤痕其实可以请教整形医生。”

本才感喟：“不必了，成年人身上谁没有疤痕，有些你看得见，有些你看不见。”

“杨小姐你这样说叫我放心。”

过一会儿看护又说：“王家整家搬走了。”

本才也说：“过一阵子我也会远行。”

“人们已渐渐忘记那场火灾。”

“那多好，淡忘是人类医治创伤的天然方法。”

“你吃了那么多苦，你甘心吗？”

“我也有所得益，我很珍惜目前一切。”

看护也拥抱她。

本才知道现在的她一定很惨，否则不会人人一见便想拥住她安慰她。

整整一个多月，殷可勤做本才的代理人，从中斡旋，与辜更咸那边谈条件。到最后，合同也签下了，出发到纽约的日期也定妥，本才仍然不肯与对方面谈。

一日，可勤送来荧幕对讲电脑。

"这是干什么？"

"他们想与你会晤。"

"不，我不谙英语。"

"谁相信。"

"我怕羞。"

"杨小姐，别闹情绪。"

"对，我住在荒山野岭，没有电话线，故此不能从命。"

可是过两天，可勤又上门来。

"是什么？"

可勤一言不发，打开盒子，取出一件轻巧的仪器。

"咦，什么玩意儿？"

"是辜更咸派人送来的卫星电话，不需线路，只需依指示瞄准卫星，即可收发。"

本才不出声。

"感动吧？"

本才承认："完全有被追求的感觉。"

"是，比起人家的认真、妥帖，我们这里搞文艺工作的条件相形失色。"

本才默认。

"人家的目的是办好一件事，我们却急于捧红自己人，建立个人势力范围。"

本才不出声。

"看样子你会一去不回头。"

本才不得不承认："我确有破釜沉舟之心。"

"你看，本地又失去一名人才。"

"本地自恃人才满街跑，不大受重视，到了外国，希望可以大翻身。"

"来，我教你用这部电话。"

"不，谢谢，我不爱讲电话。"

"有时你真固执。"

本才感慨万千："我们生在世上，身不由己的时候太多，老了，丑了，都无力挽救，说不说电话这种小事，倒可以坚持。"

可勤说："你的确变了。"

"从前的确太过娇纵，天天漫无目的玩玩玩，其实闷得想哭，可是怕辛苦，不肯发奋，现在都明白过来了。"

"还来得及。"

"真的？"

"有的是时间，年轻是本钱。"

"假如我真有天分，那么，这是我重拾才华的时机。"

可勤又想拥抱她。

"不不不不不。"本才拒绝接受呵护。

只有损手烂脚，或心灵饱受创伤的弱者才急急需要人家安慰。

本才挺起胸膛，深深吸进一口气。

可勤说："你看美裔犹太人对你多好。"

"也许，就在他们当中选择个对象。"

"他们很多传统同华人相似。"可勤有点兴奋。

"我信口雌黄，你就相信了。"

"无论男女，都期待有个好归宿。"

本才吁出一口气，站起来，伸一个懒腰。

可勤大惑不解："每个人都有了结局，你是女主角，你为何毫无结果？"

本才啼笑皆非："你在说什么？"

可勤连忙摇头："对不起，我着急了。"

人的本性不变，她自己沐浴在幸福中，就希望别人效仿，当然也是好心。

"犹太人还是什么？"

"热诚期待会面。"

"他们会失望。"

"我的想法刚相反，你看你这人多精彩，站出来毫不输给外国人，声色艺俱全，落落大方，外语流利，谈吐幽默，叫他们开眼界才真。"

殷可勤真可爱。

本才仍然坚持不与他们对话。

这种无意中制造的神秘感使对方更加好奇。

本才可没闲着，她努力帮助身体恢复原状。

无论做的是何种性质工作，首先见人的还是卖相，体重适当，精神奕奕，服饰整洁，一定占便宜。

她的思维有时与加乐仿佛尚有联系。

作画到一半，忽感疲倦，像是觉得加乐就在附近。

"讨厌，讨厌谁？"

本才侧耳细听，忽然笑了。

"区志莹，是，她是比较刁蛮任性。"

"想她走？做一个七岁的孩子十分沉闷，我相信她不会久留，你权且忍耐一下。"

"已经过了八岁生日。"

"恭喜你又大了一年，最近在做什么？"

"学习溜冰。"

"今年的冬季真长真累。"

"其实已经是春天了。"

"有上学吗？"

"区志莹坚持不去，可是家长一定逼着她上学。"

本才笑了。

她倒在床上，也许只是幻觉，也许是真实的感应。

过几日就要出发到纽约。

公寓已经租妥，一切打点好，对方甚至问她用哪种牌子香皂，为求她宾至如归，精神愉快，用最好的心情工作，赚得利钿，与他们对分。

本才最怕的功利主义现在是她的合作伙伴。

她出门那日刘执成与殷可勤都来送别。

"我给你带了这件大衣来，穿暖一点。"

本才一看，吓一跳："这种皮裘会在第五街遭人泼红漆。"

刘执成笑："可以反过来穿。"

"处处都有暖气……"

为免争执，还是收下了。

"有什么事立即拨电话回来。"

可勤强笑道："坐好，莫与陌生人搭讪。"

本才一向乘惯头等舱，等取出飞机票一看，才发觉只是商务舱。

犹太。

她笑了。

隔壁座位的乘客刚到，正忙着放手提行李。

一只纸盒不小心落在本才怀中。

本才一看，是最新的立体砌图游戏。

她脱口说："哟，是风琴式无镜头原始照相机，砌好后可以真实拍摄。"

有人讶异："你见多识广。"

是个老气横秋的小男孩，本才觉得他面善，想一想，惊喜："司徒仲乐。"

小男孩一怔："你是哪一位，怎么知道我名字？"

他的家长："仲乐，别打扰姐姐。"

本才放心了，还好，经过那么多事，在他人眼中，她仍然是位姐姐，不至于升级做阿姨。

本才说："不怕不怕。"

司徒仲乐的位子就在她身边。

本才压低声音说："我是王加乐的朋友，你还记得小加乐吗？"

司徒仲乐微微变色，说："我怎么会忘记加乐，我不住打电话，她从来不听，也没有回复。"

本才觉得好笑，这早熟的小男孩的神情好像失恋。

她不敢笑他："有一件事我想跟你说。"

司徒问："是什么？"

"你可能没发觉，加乐有轻微智障。"

司徒仲乐答："所有同学都知道这件事，只不过全不讨论，免得她家长尴尬。"

本才感动了："你仍然爱她？"

"永远。"

语气充满诚意，本才不由得紧紧握住他的手。

司徒的父亲转过头来，说："仲乐，你与这位姐姐一见如故。"

本才长长吁出一口气："有没有想过可能要一辈子照顾加乐？"

"加乐自己也可以做许多事。"

"譬如——"

"她极有绘画天分，你知道吗？"

本才笑了。

"你可有加乐地址？"

"我愿意帮你打听。"

"我们移民到纽约长岛，这是地址。"

本才紧紧收好。

她合上双目，十分满足，她替加乐找到了旧友。

司徒仲乐很乖，并没有再打扰她，一路上静静做那盒砌游戏。

飞机快要降落时，他已完成那架照相机，装进底片，征求本才同意，替她拍了两张照片。

本才也把地址给他。

"我会在纽约住一年。"

"是读书吗？"

"可以说是一种学习。"

"杨小姐，很高兴认识你。"

"我亦有同感。"

本才在下飞机的时候想，如果看不见接她的人，就先回公寓再说。

可勤做得真周到，钥匙已经交给了她。

她走出海关，就看见有人举着一块纸牌，上边写"杨本才"三字。

来了，本才放心，迎上去。

那年轻女孩子朝她笑笑，继续张望。

本才轻轻说："我是杨本才，你在等的人。"

那女孩怔住，张大嘴："你？"

本才点点头。

"那么年轻，那么漂亮，你是杨女士？我听老板说，你是一位老小姐。"

好话谁不爱听。

本才笑着问："你是——"

"我叫香桃儿汤默斯，我专门负责处理有关杨本才的一切事宜。"

杨本才好比一个户口，多么科学的管理方式。

"车子就在外边。"

"公寓里一切都已经打点妥当。"

"谢谢你了。"

上了车子驶出飞机场，不久便看到高楼大厦的剪影，交通也开始挤塞。

本才找些话说："家在纽约有什么感想？"

"住惯了永远不会再搬。"

本才骇笑。

"我知道杨小姐喜欢宁静的地方，资料上说你希望有一日可以在薰衣草田里作画。"

"多么诗情画意。"

被她这么一说，本才觉得自己有点老套。

陌生的地方，陌生的人，杨本才提醒自己，千万要小心，莫叫人见笑。

这就是她不愿闯关的原因，将来即使得回多少，也不够吃惊风散。

不过现在人已经来了，也只得沉着应付。

"杨小姐，你且休息一下，傍晚我来接你与老板小叙。"

本才连忙说："可否到明早才见面，我实在疲倦。"

汤默斯一怔："我请示过再说。"立刻用电话询问意见。

看，即时失去自由。

汤默斯满面笑容地说："老板说没问题，明早十时我来接你。"

"我自己会去，你把地址告诉我好了。"

汤默斯不为所动："第一次，我还是陪着你好。"

短金发的她一身黑色衣裤配小靴子，敏捷如一头小花豹。

本才脑海中闪过自己受伤之前的样子，她黯然看着窗外。

司机帮她提着行李上楼。

汤默斯在门口向她道别："明早见。"

"不进来喝杯茶？"

"不打扰了。"她笑着退下。

推门进去，本才呆住，室内布置都是她喜欢熟悉的式样，大胆起用许多深蓝色，配白色特别提神。

走进厨房已经闻到水果香，咖啡、茶叶，都是她常用牌子，玻璃罩下还放着一大块巧克力蛋糕。比家还要像家。

本才有点疑心，殷可勤与汤默斯二人加在一起也不可能了解她那么多。

走进寝室，更加纳罕，电毯子已经开到三度，替她暖着床褥。

这时才发觉窗户对着中央公园，她推开长窗走到小露台。

空气仍然寒冷，但风已经转圆锋，到人身体上会转弯，已不像前些时候如刀削般，看样子春日已在转角。

可是本才分外寂寥。

早知道出外见客也罢，这会儿又睡不着，也不见特别疲倦。

邻室有人弹梵哑铃[1]，听真了，是个孩子在练习巴赫的小步舞曲一二三号[2]，弹得纯熟悠扬，本才仿佛可以看到衣香鬓影，翩翩起舞。

她回到寝室，爬到床上，俯身向下，睡着了。

是谁，谁对她那么好？

电话铃响起来，本才去听，是汤默斯的声音："杨小姐，

---

[1] 梵哑铃：小提琴，旧译梵婀玲。

[2] 小步舞曲一二三号：巴赫的《第一号小步舞曲》、《第二号小步舞曲》和《第三号小步舞曲》。

一小时后我来接你。"

"这么快？"

汤默斯笑了。

天已经大亮，一个下午与一个晚上早已过去。

本才起床梳洗。

浴巾、肥皂、海绵……都似自家里搬来。

打扮完毕，本才自觉模样不输给汤默斯，也就略为放心。

从事文艺工作的人的装扮总不能像一般太太小姐那么闪烁耀眼，非得有点不经意适当的蓬松及余地。

汤默斯见了她，颇有眼前一亮的感觉。

"开完会，我们去逛街。"

本才笑："好呀。"

到了会议室，主人家已经在等。一见她便迎上来伸长双臂拥抱。

那年轻的犹太人并不姓辜更咸，他是外孙，姓罗夫。

"我们的画室欢迎你，杨小姐，它全年归你所用。"

那间画室大如篮球场，光线明亮柔和令人愉快，空气中隐隐有薰衣草香气。

那也就等于说一年之内如果没有成绩，就得滚蛋。

本才笑了。

罗夫老老实实地说："没想到会是这样年轻漂亮的一位小姐，做起宣传来容易方便讨好得多，这真是我们的运气。"

本才但笑不语。

会后她与汤默斯逛跳蚤市场，琳琅满目的假古董引得她俩发笑。

"假的是假的，真的也是假的。"

因为不知何处像杀了人生，因此笑到后来便笑不出来。

回到家，电话忽然响了。

本才似有预感，轻轻取起听筒。

那边"喂"了一声。

本才说："我猜到是你，别人不会安排得那样周到。"

"你冰雪聪明，哪里瞒得过你。"

本才笑了，两人互相恭维，可见还有话题。

"天气有转暖迹象。"

"听说夏天一贯非常炎热。"

"你得用心作画。"

"辜更咸那边，也是你亲手经营的吧？"

"人家的确欣赏你。"

"但由你大力推介。"本才接上去。

"总得有催化剂。"

本才十分感动:"我还以为我们之间已经结束。"

"我爱一个人,希望可以爱一辈子。"

"加乐呢?"

"加乐很好。"

"寄居在她身上的客人呢?"

"她已经离开。"

本才笑了:"也许是觉得沉闷。"

"的确曾经那样抱怨过。"

"加乐如今在你那里?"

"我同她母亲轮流照顾。"

这是最好的办法。

"或者,我们可以见个面?"

"你得认清楚我是杨本才。"

"这一掌打得很结实。"

这时,本才听见小提琴乐声。

嗬,邻室又开始练琴。

在此同时,她发觉不对,门窗紧关着,乐声从何而来?

本才蓦然发现,乐声自电话另一头传来。

她明白了。

她轻轻拉开门,探头出去看。

只看见一个人背对着她坐在梯间,正在讲电话。

"对公寓的一切还满意吗?"

小提琴声在走廊里是响亮的。

本才往电话咳嗽一声。

"看,已经没有话题了。"

本才再咳嗽一声。

他忽然觉悟,飞快转过身子。

他看到了本才,手提电话掉到地下。

本才坐到他身边,泪盈于睫,说不出话来。他一时也开不了口。

提琴声停住,过片刻,一个七八岁鬈发小女孩推门出来。

看到两个大人坐在梯间,非常讶异:"为什么坐在这儿?"拎着小提琴走了。

又过了很久,王振波终于问:"真的,我们坐在这里干什么?"

本才笑了:"那么,站起来吧。"

他拉着她一起站立。

仍然不知说什么才好，太多话要讲，都堵在喉咙里。

本才终于说："出去散散步吧。"

"我打算在纽约住一年。"

本才吃惊："干什么？"

"做画廊生意。"

另一个小提琴学生上楼来报到，看到他俩，诧异道："为什么站在梯间？"

本才忍不住真正笑了。

图书在版编目（CIP）数据

我爱，我不爱 /（加）亦舒著 . -- 长沙：湖南文艺出版社，2022.3
ISBN 978-7-5404-9839-9

Ⅰ.①我… Ⅱ.①亦… Ⅲ.①长篇小说－加拿大－现代 Ⅳ.① I711.45

中国版本图书馆 CIP 数据核字（2022）第 025295 号

上架建议：畅销·小说

WO AI, WO BU AI
我爱，我不爱

作　　者：[加]亦舒
出版人：曾赛丰
责任编辑：匡杨乐
监　　制：毛闽峰
策划编辑：李　颖　陈　鹏　肖雅馨
特约编辑：孙　鹤
营销编辑：刘　珣　焦亚楠
版权支持：王媛媛　姚珊珊
封面设计：尚燕平
版式设计：李　洁
出　　版：湖南文艺出版社
　　　　　（长沙市雨花区东二环一段 508 号　邮编：410014）
网　　址：www.hnwy.net
印　　刷：三河市兴博印务有限公司
经　　销：新华书店
开　　本：875mm×1230mm　1/32
字　　数：140 千字
印　　张：7.5
版　　次：2022 年 3 月第 1 版
印　　次：2022 年 3 月第 1 次印刷
书　　号：ISBN 978-7-5404-9839-9
定　　价：49.80 元

若有质量问题，请致电质量监督电话：010-59096394
团购电话：010-59320018